新文艺 中国现代文学大师读本

萧红氛围小说

锡庆 编

上海文艺出版社

目 录

序 …………………………… 锡　庆

王阿嫂的死 …………………………… 1

夜风 …………………………… 14

哑老人 …………………………… 26

手 …………………………… 35

牛车上 …………………………… 56

朦胧的期待 …………………………… 70

逃难 …………………………… 82

黄河 …………………………… 92

后花园 …………………………… 108

北中国 …………………………… 136

小城三月 …………………………… 167

序

锡 庆

萧红（1911—1942）的一生太短暂了！只活了三十岁多一点，短得就像是"短篇小说"一般。

但萧红无疑是一个天才！就在她这短暂的一生里，就在她这短暂的有效"创作期"（1933 年 4 月《弃儿》是其"处女作"，1942 年 1 月《红玻璃的故事》是其"遗述"）里，她不仅完成了三部中、长篇小说：《生死场》《呼兰河传》《马伯乐》；三十多篇短篇小说：《黄河》《北中国》《小城三月》等；两部戏剧：《民族魂鲁迅》《突击》；几十首诗：《可纪念的枫叶》《苦杯》《春曲》等；还发表了数量众多的散文名作：《回忆鲁迅先生》《商市街》等，这上百万字的各体创作带着她疲惫、多病、伤痕累累的坚韧与勤奋，映着她曲折、坎坷、顽强自立的纯真与赤诚，不仅证明了她是中国现代文学史上一位杰出的天才女作家，而且也证明了文化革命主将鲁迅的非凡"眼力"——鲁迅从《生死场》中看出了萧红在创作上的巨大潜力，意识到这是继冰心、丁玲之后将会崛然升起的一颗女性希望之星！当然，萧红毕竟去世得过快、过早了，她如果不是这样像夏夜的流星一样仅以璀璨的一闪划过黑沉的夜幕，留下回味不尽的灼目光华的话，她的成就、地位实在是难以估量的！

对于萧红的研究显然还比较薄弱。

不错，《生死场》这个中篇由于鲁迅先生《序言》的首肯已被论者普遍接受，它的确奠定了萧红在创作上的坚实地位；但《呼兰河传》呢，这篇不"像"小说的小说实在是开创了一种地方"风情、文化"小说的新写法——它不是人物"自传"（只是带有一些"自传性"罢了），而是为"呼兰河"这个独特又典型的"地域"文化生态、民风民情作"传"，这在当时的小说"文坛"上是一个带有"先锋性"的新颖独创！《马伯乐》这个长篇尽管没有最后完篇，但在萧红的全部创作中是一个偏离了"常规"写法的"例外"，也可以说是一次创作的"冒险"——萧红大约自己也深知她既少老舍的"幽默"也更乏鲁迅的"深刻"，但她为什么不问后果、不计成败地要去甘冒这个"风险"呢？没有别的原因：她要师法鲁迅，像《阿Q正传》"画出国民的魂灵"那样，她也要以自己的笔墨画出半封建、半殖民地社会里半"中"半"洋"、奴性十足的"现代国民的魂灵"！小说不能算是多么成功，但在这里，萧红表现出了多么非凡的真正艺术家的巨大勇气！至于短篇小说的研究就显得更为薄弱了。其实，由于思想、生活、艺术表现力的种种制约——对于一个年仅二三十岁的年轻女作家，这中间还两次怀孕、分娩，除了婚姻不幸外还经常处在"饥饿"之中，一直体弱多病——我个人认为：驾驭中、长篇小说，萧红的确功力有所不逮（特别是在艺术结构上她魄力、组织力都显不足；辗转流徙的动荡生活自然也加重了她这个缺欠），但她的短篇小说创作是操纵自如、游刃有余的！从艺术上看，萧红的短篇小说实在是取得了较高的成就，很多篇什构思精巧，技法娴熟，堪称"杰作"，特别是到了后期简直是达到了随心所欲、炉火纯青的艺术境界。

这里，从萧红三十多篇短篇小说中依我的"眼光"选编了十一篇具有代表性的佳作。我想先逐篇地加以介绍，然后再总括地谈谈她短篇创作的特点等。

《王阿嫂的死》，过去一些研究者曾认为这是萧红创作的"发端"。现在已经查明：《弃儿》才是她的"处女作"。但《弃儿》带有"自叙传"色彩，社会意义远不如这一篇来得强劲。所以，以此篇作为短篇的"领起"，看来似乎更为合适。

这是一篇社会性浓重的悲剧小说。女主人公王阿嫂死了丈夫——她丈夫"王大哥"蒙冤酗酒成疯，活活被地主差人纵火烧死；她身怀六甲几乎是在田地"爬"着为地主家"流汗"、卖命，午间稍一喘息时被地主狠踢一脚，伤了胎气，生产时母子俱亡——这样，连先前她已死去的三个孩子，到这时彻底地家破人亡！她领养的一个天然的"小流浪者"七岁的小环姑娘也有一本"血泪账"：其父早死；其母被地主儿子强奸后气愤身亡；她在其姑、姨家短暂"流浪"后不得不到地主家乞食并横遭打骂；刚刚得到了王阿嫂的温情母爱的她，现在又得零汀飘泊……在这篇作品里"佣工"们（贫雇农）尚未觉醒。他（她）们像风吹偃了的小草，随风俯仰，难以挺立。整个作品充满了忧愁、悲哀、凄苦、无望的氛围。但作者的"倾向"又是很鲜明的，她把神圣的同情、友爱显然放到了那些只有"简单而不变化的名字"（尽是些"公共的名称"）的"佣工"们身上。

《夜风》比《王阿嫂的死》大进一步，是一篇精炼、精彩的觉醒小说。

为地主家洗衣糊口的寡妇李婆子和她的儿子放牛娃长青，在事实的教育下，摆脱了"忠"、"义"思想的束缚终于觉醒，参加了×××（共产党）领导的武装斗争，打倒了欺压贫苦农民的地主阶级，做了自己生活的主人。

这篇小说选择了"非凡"的视角——它正面从张姓"地主宅院"切入，形象描绘了这个陷入群众斗争汪洋大海里的一片"孤舟"、一座"死堡"的六神无主、心惊肉跳。老地主婆抖动"小棉袄"的动作正说明了情势的"险急"。在《夜风》里这个地主婆"老祖母"的虚伪、歹毒，张地主及其众兄弟的阶级本性，都得到了具体、生动的刻画。小说的生活容量是惊人的：中国民主革命的整个进程都"具体而微"地浓缩在这"咫尺"的画幅之中了。

《哑老人》短而别致。萧红在这里把摄像的"镜头"移向了城市底层生活最寒伧的一角。荒凉的街道。萧瑟的秋风。三位老人，都是乞丐。其中一位，半身不遂，又聋又哑——他就是小说的主人公"哑老人"。哑老人的儿子死了；儿媳妇改了嫁；靠着在工厂做工的孙女小岚接济吃食，苟活性命。就因为小岚每天回家两次（给爷爷送饭），竟被工头毒打而死。而哑老人也因吸烟掉下的火星引燃草帘被火活活烧死。这是一幕最悲凄的惨剧，活画出了旧中国底层群众的真实人生。小说的笔墨是精练的，除了小岚不多的"独语"外，作品几乎像是一出"哑剧"。萧红在这篇创作里颇有意识地锤炼了她"雕塑"人物的出众才能。

《手》，是一篇动人的杰作，充分显示了萧红的创作个性。

她不再过于着重"情节"的编织、"故事"的讲述。她把创作的重心转向了人物"性格"的刻画、环境"氛围"的再现。

染缸房染匠的女儿王亚明克服重重困难来到城里上中学。因其双手是"黑"的、卧具不整而备受歧视：校长、舍监、阔小姐，甚至门役都刁难、羞辱她，给以颜色。她忍辱负重，发愤读书，但终因基础较差、英语不行而不让她参加考试，并令其退学回家。她（王亚明）和一班师生的"对立"，实质上是"贫"与"富"、"下等人"与"上等人"的阶级对立。《手》反映了穷苦的劳动者对文化、知识的精神渴求以及富有者对文化、知识的蛮横垄断。在那样一个不公正的社会里,政治的统治和文化的垄断总是相互伴随的。维护这既成"秩序"的最好办法,就是让"王亚明们"永远"愚昧"下去!

《手》的取材是极为寻常的,但作家在这"寻常"生活中发现了并不寻常的"意义"——这正是萧红高明的地方,也是《手》的深刻之处。

用第一人称"我"的视角叙述,大大加强了小说的真实性、逼近感;不"温"不"火"、逐层展开的叙述"节奏",使得小说舒缓有致、沁人心脾;最见精彩的当推"氛围"的渲染,冷漠乃至冷酷、轻视乃至鄙视、取笑乃至恶作剧的凛冽气息使人倍感压抑。

《手》已经标志了萧红短篇的成熟。

《牛车上》构思的巧妙令人击节称绝!

五云嫂在牛车上讲述了她丈夫姜五云因当了逃兵(而且是个头目)而被"就地正法"的事情。作家在这里——在弹丸之地的"牛车上"——以有限的局促"空间"讲述了一个相当"开阔"的故事。这表明:作家真正吃透了短篇小说"短"与"小"的文体特点,在"短小"中求阔大,在"有限"中求无限，最大限度地发挥了"短篇"的体裁优长。

《牛车上》叙述的技巧是颇高明的：第一人称套第一人称；人物的心态、动作表达得活灵活现；场景、氛围的描绘历历如在目前。

和《手》一样，这两篇小说都是散文化小说。

《朦胧的期待》写在《黄河》之后，但发表略早，表达了全面抗战爆发后整个民族的一种"典型情绪"，所以将其调前还是有道理的。

这篇抗敌小说写的是：长官的卫兵、"特务连"的金立之要上前线打仗去了；女仆李妈（金的心上人）想在分别前和他说点"体己话"而未得，作品通过洗裹腿布、买烟、赠钱（一块钱）等细节描绘，表现了李妈"朦胧的期待"——打胜仗，回来成亲、安家，过好日子。

这种"期待"，虽然"朦胧"却又非常"实在"，反映了当时亿万民众的一种普遍心理情绪，使这篇短作蓄满了健旺的时代精神。

《逃难》在萧红的短篇创作中独具一格。

在风格上它和长篇《马伯乐》极为相近。是女作家全部短篇创作中仅见的一篇讽刺、幽默小说。

主人公叫何南生。原来只是个小学教员,抗战间由南京逃难到陕西靠着朋友的关系才当上了中学教员。他一向反对中国人,好像他不是中国人似的;再有,就是他稍遇困难、危险之事立即"对全世界怀着不满",并惊慌失措,常说:"到那时候可怎么办哪……"他挂着"抗战救国团指导"的头衔,发表着"誓与潼关共存亡"的讲演,实际上却挤上了开往西安的火车并决定"一去不回",溜之大吉。挤火车时,他携太太、带儿女以及锅碗瓢盆、坛坛罐罐,甚至字纸篓、旧报纸、洋蜡头、细铁丝等等(光旧报纸就带了五十多斤,以备取火烧饭!)终于,他逃上了火车到达了西安。"还好,还好,人总算平安。"这是他惊魂稍定时所说的话。他本来还想说"到那时候可怎么办"的——不过这次却没有说。

《逃难》画出了与金立之、李妈等迥然不同的另一类"中国人"的嘴脸和魂灵。小说的文笔并不犀利,但"婉而多讽"。这对一个女性作家来说已经颇为不易了。

《黄河》,是几篇抗敌小说中写得最具气势,最有力度的一篇。

一个中国作家如果没有观察、表现过黄河,那肯定是一种缺憾,一种不幸!萧红是幸运的。——作为一个极富画家素养、敏感气质的女作家,萧红在面对中华民族发祥的"摇篮"、精神的"象征"——黄河时,一下子就抓住了它的特征和神韵:

"黄河的惟一的特征,就是它是黄土的流,而不是水的流。"

"悲壮的黄土层茫茫地顺着黄河的北岸延展下去,河水在辽远的转弯的地方完全是银白色,而在近处,它们则扭纹着旋卷着和鱼鳞一样。"

就是在这样略显悲壮、苍凉的廓大背景上,《黄河》为我们上演了一阕慷慨激昂的活剧:"阎胡子"运载面粉的大船上上来了一个"八路"。这位豪爽嗜酒的彪形大汉"船主"和新近丧妻赶着归队的"八路"很快成了朋友。"俺家那边就是游击队保卫着……都是八路的,都是八路的……"当这位"阎胡子"船主得知这位"八路"士兵就是赶往赵城时,这位家住赵城的"船主"真正地高兴、激动了!他原是山东人,黄河发水时死了双亲;带着老婆跑到关东,不想关东又成了"满洲国";没办法,只能投靠叔叔来到了山西赵城,租种了两亩地,还靠着这破船"穷跑腿";现在,战事又起,他正为妻儿的性命担心、记挂……船靠岸了，他又在小饭铺请这位"八路"吃饭。他想往家里捎去他"平安"的话。

但捎句"平安"话显然不是最重要的。

"站住……站住……我问你，是不是中国这回打胜仗，老百姓就得好日子过啦？"

"是的，我们这回必胜……老百姓一定有好日子过的。"

这是篇末临分手时"船主"和"八路"的对话——在这里所表现出的对未来的"憧憬"，才是小说的点睛之笔！

《黄河》在萧红的小说中是独放异彩的！它表现了抗日前线上"八路"的奋不顾身、以"抗日为先"的英勇精神，反映了"八路"和民众休戚与共、心心相印的血肉联系。

《后花园》是独特的。它表现了小人物"几乎无事的悲剧"。

为主人经管磨房、打梆的冯二成子出身贫苦，三十多岁仍未成家。他因接触了主人家的女儿而开始"怀春"，却又没有丝毫的勇气，眼巴巴送别了她远嫁他人。后与王寡妇结合。不久，妻儿俱亡，主人也死了，又只剩下了他孤身一人。

小说没有什么情节、故事。有的只是平淡如水、永远不变的孤寂、乏味的生活——就像是磨房的"磨道"那样，永远只是单调的重复。主人公冯二成子懵懂无知、辛苦麻木,不知道为何而生、为何而活——就像后花园那些"花草"一样,随时序更迭而自生自灭。

萧红对"冯二成子们"(王寡妇等也显然一样)是怀着"大悲悯"的。她同情他们,怜爱他们,提出了"是谁让人如此"——把人生下来,并不领给他一条路子,就不管他了——的重要问题。

《后花园》写出了更为深邃的"人性"深度,更为本质的国人"生存状态",是一篇具有"启蒙精神"的平凡人悲剧小说。

《北中国》可谓短篇珍品。中国现代历史上这场震惊了中外视听的"皖南事变"如此迅速、又如此深刻地在小说艺术中得到了生动的表现,再一次证明了萧红的敏锐——惊人的政治与艺术敏锐!

大事件需要有大腕力。

耿振华参加革命打日本去了;耿大先生、耿母在家里挂念着儿子。叫人绝对意想不到的是:儿子竟被中国人无端杀害了——这里暗写着"皖南事变"。结果,耿大先生疯了,反复不断地写着毫无希望投递出去的"信件"。信皮上总是这样写着:

大中华民国抗日英雄

耿振华吾儿　　收

父字

耿大先生是"爱国"的。是崇敬"抗日英雄"的。——这也正是萧红的立场。她在选取了这样重大的"事件"作为小说题材时,再一次娴熟把握了"短篇"的文体规律,以"侧写"的高明手段铺染了浓重的悲剧"氛围",表现了大气大度的艺术腕力。

萧红最后的短篇《小城三月》是一篇内容凄楚、情调高雅、文字婉丽的幽美小说。

从《后花园》起她的短篇创作已经是"炉火纯青"了,这一篇《小城三月》尤见精彩。

小说写的是"翠姨"的故事。翠姨是一个娴雅端庄、惹人怜爱的姑娘、她来到"我"外祖父家里,接受了时代文明的新鲜气息,身心都悄悄发生了可喜改变。她想上学读书。她想自由恋爱。她想走向社会。在"小城三月"里,她对"我"的一个表哥萌发了恋情。但家里给她订了亲,强逼她要走一条千百年来女性所走的习惯老路。她挣扎着、抗拒着、拖延着，悒郁成疾，终至病亡、一个在"春光"里滋润孕育、含苞待放的蓓蕾还没有来得及开放就在又一度"春光"来临时匆匆凋谢了。

《小城三月》是一个没有爱情的爱情故事。翠姨是坚韧、执著的，她追求美好的婚姻和理想的人生，不自由、不自愿则毋宁死！她以自己的生命陨落证明着"小城"在"三月"里的觉醒。

这个小城故事是由"我"娓娓道来的。"我"并不挺身而出、慷慨陈词，相反，常出以静观默察、客观纪实的明智态度和"婉叙"笔墨——这种让倾向从场面、情节中自然流露出来的"节制"艺术充分表明了萧红的练达。散文化的优雅笔致和翠姨的优雅风度因内符外、异常契合。封建传统势力在温情脉脉的"亲情"面纱笼罩下依旧冷漠"吃人"的罪恶本质被再现得淋漓尽致。

在上述逐篇地简括缕析了本书遴选的具体作品之后，我们现在可以对萧红短篇创作的"总体风貌"做一点评说了：

一、萧红的全部创作是和她所生活、经历的特定时代密不可分的。她的小说创作——特别是其短篇小说的创作，主要反映了"九·一八事变"后东北沦陷区在阶级与民族双重矛盾挤压下底层民众的挣扎及抗争;"七·七事变"后抗日前沿及大后方军民英勇抗敌风貌与斑驳人生世相。

这个时代是风云激荡、可歌可泣的。萧红的作品勾画出了这个时代的"眉目",显现出了当时"活中国"的姿态与魂灵。

时代孕育了萧红。时代成就了萧红。

她是这个悲壮时代出类拔萃的好女儿。

二、萧红的全部创作都是在鲁迅先生的影响、关怀之下进行的。

鲁迅先生对萧红的影响是多方面的。但最主要、最关键的深刻影响还是"为人生"、"画魂灵"的现实主义创作道路及创作精神。鲁迅在《〈生死场〉·序言》中相当敏锐而精辟地指出的萧红小说的若干特长,如"细致的观察"、"越轨的笔致"、哈尔滨"略图"的"叙事和写景,胜于人物的描写"、北方人民"对于生的坚强,对于死的挣扎,却往往已经力透纸背"等,特别是"精神是健全的,就是深恶文艺和功利有关的人,如果看起来,他不幸得很,他也难免不能毫无所得"这段论述,不仅对萧红此前创作是一个"总结",而且对她日后创作是一个"开启"，充分体现了对萧红"现实主义"创作的肯定和张扬。萧红此后的创作是一直沿着鲁迅的这一指引深化着、前进着的。

是鲁迅发现、栽培了萧红这棵"新苗"；而萧红则延续、扩大了鲁迅的"生命"。

三、萧红的短篇小说有两种类型、两种写法。一种是所谓"倾向"小说，如《王阿嫂的死》《夜风》《哑老人》《朦胧的期待》《黄河》《北中国》等；一种是所谓"氛围"小说，如《手》《后花园》《小城三月》等。

两类小说，两幅篇墨："倾向"小说较看重故事情节；注重反映底层民众在"生死场"上的挣扎、苦斗，时代"眉目"较为显豁、清晰；主题指向也较明朗、强烈。"氛围"小说则不同，它更看重"人物"塑造；常以散文的亲切态度、娓语笔调真实地叙写日常生活的琐细事件，铺染出普通"小人物"悲剧命运的浓重氛围；主题意向也较为朦胧、多义。

这两类小说各自贯穿了萧红短篇创作的始末："倾向"小说从《王阿嫂的死》起始到《红玻璃的故事》终结（这篇"故事"由萧红口授、骆宾基记写）；"氛围"小说从《弃儿》发端到《小城三月》收笔。这就明白证明了这两套手笔、两种格调作品在事实上的成立。

这两类小说平行、交错地向前发展，使得萧红的短篇于单纯之中见出繁复，于激宕之中显出淡雅，给人以参差变化之美感。

四、萧红的"倾向"小说受到现今某些"批评家"的非议。"非议"的主要之点在于：这些小说"功利性"过强，"倾向"过于鲜明，不够那么"纯文学"。我个人认为：这种批评不够了解中国的"国情"，也不尽符合萧红作品的"实际"，是有欠公允的。事实上，萧红的这些"倾向"小说是真实地反映了当时的现实生活的，是那个特定时代现实状貌、人物命运的艺术"再现"。萧红作为一个时代的"见证人"和历史的"书记员"，她的"真诚"使她不能有丝毫的躲闪和偏离。"生活"，现在不是"纯"文学的，那时则更不是！对一个有立场、有操守的"为人生"的前进艺术家来说，对之提出"纯"文学或"纯"艺术的要求，无疑是"风马牛不相及"的！特别可贵的一点是：萧红的"倾向"小说显然已有意识地避免了（或克服了）三十年代泛滥于国际文坛上的"左倾"思潮（只是在个别篇什如《看风筝》中她所赞扬的那个"革命者"身上还流露了一点残痕），保持了一个现实主义者清醒、明澈的头脑——这是颇为难得的。再说，萧红这些"倾向"小说在艺术上（无论是其"构思"还是其"表现"）也是十分"讲究"的：即使是其"发轫"之作《王阿嫂的死》，也并不那么质野不文；《夜风》《牛车上》，构思之精巧，表现之俭省简直堪称杰作；《黄河》《北中国》更是锻炼成了极精锐的"一击"！由此我想到了鲁迅先生在《〈生死场〉·前言》中那明智的"预见"：他已预想到"将来"的读者中可能会有一些"深恶文艺和功利有关的人"对此有所讥议。现在，果然言中。但这些论者也很"不幸"：除了这些不大公正的"讥议"外，他们面对这些"倾向"佳作"也难免不能毫无所得"。

萧红的另一类"氛围"小说同样受到了另一些"批评家"的挑剔。"挑剔"的主要之点在于：她生活"圈子"过于狭小，调子低沉，净写"身边琐事"，逐渐走了"下坡路"等。如果上述非议是来自"右"的偏见的话，那么，这里的挑剔则是来自"左"的短视。其实，萧红这两类作品、两种格调是和谐统一、相辅相成的，合起来才是"全人全貌"。各执一"端"，自然难免片面。"氛围"小说也可称"散文化"小说，这种"不像小说的小说"出现在三十年代那该是一个多么大胆的创造！——萧红即使不是最早的一个也是最早的"先行者"之一，像《手》《小城三月》这些作品于"小"中见出"大"来，在"身边琐事"之中显出了时代风云，都是现代小说林中的上乘精品——只要摘下"左"视的眼镜就可以立见它们的光辉！我个人认为：这些小说萧红驾驭得更为娴熟、自然，恰如行云流水一般，行止自如，姿态横生，美不胜收！正由于这类小说与萧红内在气质吻合无间，写起来也更能得之于心、应之于手，它才标志了萧红短篇创作的高峰。

五、萧红的小说不仅有"散文美"，而且有"绘画美"。她最早的"立志"就是要做一个现代的"画家"。早年对绘画的热爱和"素描"的功底都帮助了她在文学创作上的成功。她观察的眼力是异常敏锐的。她对自然景致的描绘是极富生气的。她对色彩的感应也是相当强烈的。北中国的风、霜、冰、雪及鸡鸣、犬吠，花开、草长在萧红的笔下成为了读者很熟悉的有"灵气"、有"生命"的"活自然"，为她的作品"增加了不少明丽和新鲜"（鲁迅语），平添了几分秀色；南中国的自然景观萧红虽涉笔较少，但《山下》（本书未选）的笔致是足以给人留下深刻印象的。值得一提的是，在"景物"描绘上她似乎信奉的也是鲁迅的观点，出笔精炼，"背景"像民间剪纸似的那般鲜明、简约。

六、萧红的短篇创作也是有缺点、不足的。这最大的不足我以为是她还没有来得及把她从不幸生活、特别是不幸婚姻经历中所痛切感受、体验到的女人的不幸——这在"男性中心"的社会里是普遍存在着并颇富有"人性"深度的——形诸作品，从而拓开一个更带有"先锋性"的题材领域。我想，这并不是苛求。绝对不是。事实上，萧红在这一方面是有感受、有积累、有厚实生活基础的；她也和朋友谈论了、表述了、宣泄了；我想不出她终于未能把它形诸"小说"的原因。"自觉"写出不用说了；即使是"自然"流露也很罕见。我认为：这是她的最大憾事！丢掉这"举手之劳"即可得到的创作"瑰宝"不止是遗憾，简直就是大不幸！

萧红的小说创作还有一个较大的弱点是她组织、结构作品的魄力、腕力略嫌不足。这在中、长篇小说创作上暴露得较为明显（对此胡风曾做过较明确批评），短篇她驾驭得还是较为圆熟的：圆熟固然圆熟，但这里不过是"藏拙"有术而已，"组织

· 20 ·

力"的薄弱还是"潜在"着的，有的时候、有些篇什它还是不自觉地流露、外现出来。比如《后花园》这篇"散文化"小说，就有拖沓、散漫的毛病。《旷野的呼喊》和《桥》（本书皆未选），也有冗长、不够集中的瑕疵。

另外，读萧红的作品，在语言表述上今天读起来已有一些隔膜。造成这"隔膜"的原因较为复杂：时代、生活的变异怕是主要的；同时，也有推敲、打磨不够，表述不够圆熟、流畅之处（胡风在《生死场·读后记》中对这种"修辞的锤炼不够"也有批评）；还有，就是她为着表现"新鲜的意境"（胡风语）有意采用了"特别"的语法句法，从而造成了语言"陌生化"的效果——对这一点，我想应当把它看成是萧红的一个创造性的艺术追求去加以肯定。

萧红是这篇短文"说不尽"的。就此打住，还是让读者尽快地进入她所营造的"艺术世界"里面尽情地徜徉、鉴赏吧！

王阿嫂的死

一

草叶和菜叶都蒙盖上灰白色的霜。山上黄了叶子的树,在等候太阳。太阳出来了,又走进朝霞去。野甸上的花花草草,在飘送着秋天零落凄迷的香气。

雾气像云烟一样蒙蔽了野花、小河、草屋,蒙蔽了一切声息,蒙蔽了远近的山岗。

王阿嫂拉着小环,每天在太阳将出来的时候,到前村广场上给地主们流着汗;小环虽是七岁,她也学着给地主们流着小孩子的汗。现在春天过了,夏天过了……王阿嫂什么活计都做过,拔苗,插秧。秋天一来到,王阿嫂和别的村妇们都坐在茅檐下用麻绳把茄子穿成长串长串的，一直穿着。不管蚊虫把脸和手搔碍怎样红肿，也不管孩子们在屋里喊妈妈吵断了喉咙。她只是穿啊，穿啊，两只手像纺纱车一样，在旋转着穿……

第二天早晨，茄子就和紫色成串的铃铛一样，挂满了王阿嫂家的前檐；就连用柳条辫成的短墙上也挂满着紫色的铃铛。别的村妇也和王阿嫂一样，檐前尽是茄子。

可是过不了几天，茄子晒成干菜了。家家都从房檐把茄子解下来，送到地主的收藏室去。王阿嫂到冬天只吃着地主用以喂猪的烂土豆，连一片干菜也不曾进过王阿嫂的嘴。

太阳在东边放射着劳工的眼睛。满山的雾气退去，男人和女人，在田庄上忙碌着。羊群和牛群在野甸子间，在山坡间，践踏并且寻依着秋天半憔悴的野花野草。

田庄上只是没有王阿嫂的影子，这却不知为了什么？竹三爷每天到广场上替张地主支配工人。现在竹三爷派一个正在拾土豆的小姑娘去找王阿嫂。

工人的头目愣三抢着说：

"不如我去的好，我是男人走得快。"

得到竹三爷的允许，不到两分钟的工夫，愣三就跑到王阿嫂的窗前了：

"王阿嫂，为什么不去做工呢？"

里面接着就是回答声：

"叔叔来得正好，求你到前村把王妹子叫来，我头痛，今天不去做工。"

小环坐在王阿嫂的身边，她哭着，响着鼻子说："不是呀！我妈妈扯谎，她的肚子太大了！不能做工，昨夜又是整夜的哭，不知是肚子痛还是想我的爸爸？"

王阿嫂的伤心处被小环击打着，猛烈的击打着，眼泪都从眼眶转到嗓子方面去。她只是用手拍打着小环，她急性的，意思是不叫小环再说下去。

李楞三是王阿嫂男人的表弟。听了小环的话，像动了亲属情感似的，跑到前村去了。

小环爬上窗台，用她不会梳头的小手，在给自己梳着毛蓬蓬的小辫。邻家的小猫跳上窗台，蹲踞在小环的腿上，猫像取暖似的迟缓地把眼睛睁开，又合拢来。

远处的山反映着种种样的朝霞的彩色。山坡上的羊群、牛群，就像小黑点似的，在云霞里爬走。

小环不管这些，只是在梳自己毛蓬蓬的小辫。

二

在村里，王妹子，愣三，竹三爷，这都是公共的名称。是凡佣工阶级都是这样简单而不变化的名字。这就是工人阶级一个天然的标识。

王妹子坐在王阿嫂的身边，炕里蹲着小环，三个人在寂寞着。后山上不知是什么虫子，一到中午，就吵叫出一种不可忍耐的幽默和凄怨情绪来。

小环虽是七岁，但是就和一个少女般的会忧愁，会思量。她听着秋虫吵叫的声音，只是用她的小嘴在学着大人叹气。这个孩子也许可为母亲死得太早的缘故？

小环的父亲是一个雇工，在她还没生下来的时候，她的父亲就死了。在她五岁的时候她的母亲又死了。她的母亲是被张地主的大儿子张胡琦强奸后气愤而死的。

五岁的小环，开始做个小流浪者了。从她贫苦的姑家，又转到更贫苦的姨家。结果因为贫苦，不能养育她，最后她在张地主家过了一年煎熬的生活。竹三爷看不惯小环被虐待的苦处。当一天王阿嫂到张家去取米，小环正被张家的孩子们将鼻子打破，满脸是血时，王阿嫂把米袋子丢落在院心，走近小环，给她擦着眼泪和血。小环哭着，王阿嫂也哭了。

有竹三爷作主，小环从那天起，就叫王阿嫂作妈妈了。那天小环扯着王阿嫂的衣襟来到王阿嫂的家里。

后山的虫子，不间断的，不曾间断地在叫。王阿嫂拧着鼻涕，两肋抽动，若不是肚子突出，她简直瘦得像一条龙。她的手也正和爪子一样，因为拔苗割草而骨节突出。她的悲哀像沉淀了的淀粉似的，浓重并且不可分解。她在说着她自己的话：

"王妹子，你想我还能再活下去吗？昨天在田庄上张地主是踢了我一脚。那个野兽，踢得我简直发晕了。你猜他为什么踢我呢？早晨太阳一出就做工，好身子倒没妨碍，我只是再也带不动我的肚子了！又是个正午时候，我坐在地梢的一端喘两口气，他就来踢了我一脚。"

拧一拧鼻涕说下去：

"眼看着他爸爸死了三个月了，那是刚进了五月节的时候，那时仅四个月，现在这个孩子快生下来了。咳！什么孩子，就是冤家，他爸爸的性命是丧在张地主的手里，我也非死在他们的手里不可，我想谁也逃不出地主们的手去！"

王妹子扶她一下，把身子翻动一下：

"哟,可难为你了!肚子这样你可怎么在田庄上爬走啊?"

王阿嫂的肩头抽动得加速起来。王妹子的心跳着,她在悔恨地跳着,她开始在悔恨:

"自己太不会说话,在人家最悲哀的时节,怎能用得着十分体贴的话语来激动人家悲哀的感情呢?"

王妹子又转过话头来:

"人一辈子就是这样,都是你忙我忙,结果谁也不是一个死吗?早死晚死不是一样吗?"

说着她用手巾给王阿嫂擦着眼泪,揩着她一生流不尽的眼泪:

"嫂子你别太想不开呀!身子这种样,一劲忧愁,并且你看着小环也该宽心。那个孩子太知好歹了。你忧愁,你哭,孩子也跟着忧愁,跟着哭。倒是让我做点饭给你吃,看外边的日影快晌午了。"

王妹子心里这样相信着:

"她的肚子被踢得胎儿活动了!危险………死……"

她打开米桶,米桶是空着。

王妹子打算到张地主家去取米,从桶盖上拿下个小盆。王阿嫂叹息着说:

"不要去呀!我不愿看他家那种脸色,叫小环到后山竹三爷家去借点吧!"

小环捧着瓦盆爬上坡，小辫在脖子上摔搭摔搭地走向山后去了。山上的虫子在憔悴的野花间，叫着憔悴的声音啊！

三

王大哥在三个月前给张地主赶着起粪的车，因为马腿给石头折断，张地主扣留他一年的工钱。王大哥气愤之极，整天醉酒，夜里不回家，睡在人家的草堆上。后来他简直是疯了。看着小孩也打，狗也打，并且在田庄上乱跑，乱骂。张地主趁他睡在草堆的时候，遣人偷着把草堆点着了。王大哥在火焰里翻滚，在张地主的火焰里翻滚，他的舌头伸在嘴唇以外，他嚎叫出不是人的声音来。

有谁来救他呢？穷人连妻子都不是自己的。王阿嫂只是在前村田庄上拾土豆，她的男人却在后村给人家烧死了。

当王阿嫂奔到火堆旁边，王大哥的骨头已经烧断了！四肢脱落，脑壳竟和半个破葫芦一样，火虽熄灭，但王大哥的气味却在全村飘漾。

四围看热闹的人群们，有的擦着眼睛说：

"死得太可怜！"

也有的说：

"死了倒好，不然我们的孩子要被这个疯子打死呢！"

王阿嫂拾起王大哥的骨头来，裹在衣襟里，紧紧地抱着，发出喧天的哭声来。她这凄惨泌血的声音，飘过草原，穿过树林的老树，直到远处的山间，发出回响来。

每个看热闹的女人，都被这个滴着血的声音诱惑得哭了。每个在哭的妇人都在生着错觉，就像自己的男人被烧死一样。

别的女人把王阿嫂的怀里紧抱着的骨头，强迫地丢开，并且劝说着：

"王阿嫂你不要这样啊！你抱着骨头又有什么用呢？要想后事。"

王阿嫂不听别人，她看不见别人，她只有自己。把骨头又抢着疯狂的包在衣襟下，她不知道这骨头没有灵魂，也没有肉体，一切她都不能辨明。她在王大哥死尸被烧的气味里打滚，她向不可解脱的悲痛用尽全力地哭啊！

满是眼泪的小环脸转向王阿嫂说：

"妈妈，你不要哭疯了啊！爸爸不是因为疯了才被人烧死的吗？"

王阿嫂，她听不到小环的话，鼓着肚子，胀开肺叶般的哭。她的手撕着衣裳，她的牙齿在咬着嘴唇。她和一匹吼叫的狮子一样。

后来张地主手提着蝇拂，和一只阴毒的老鹰一样，振动着翅膀，眼睛突出，鼻子向里勾曲着，调着他那有尺寸有阶级的步调从前村走来，用他压迫的口腔来劝说王阿嫂：

"天快黑了，还一劲哭什么？一个疯子死就死了吧，他的骨头有什么值钱！你回家做你以后的打算好了。现在我遣人把他埋到西岗子去。"

说着他向四周的男人们下个口令：

"这种气味……越快越好！"

妇人们的集团在低语：

"总是张老爷子，有多么慈心；什么事情，张老爷子都是帮忙的。"

王大哥是张老爷子烧死的，这事情妇人们不知道，一点不知道。田庄上的麦草打起流水样的波纹，烟筒里吐出来的炊烟，在人家的房顶上旋卷。

蝇拂子摆动着吸人血的姿势，张地主走回前村去。

穷汉们，和王大哥同类的穷汉们，摇煽着阔大的肩膀，王大哥的骨头被运到西岗上了。

四

三天过了，五天过了，田庄上不见王阿嫂的影子，拾土豆和割草的妇人们嘴里念道这样的话：

"她太难苦了！肚子那么大，真是不能做工了！"

"那天张地主踢了她一脚，五天没到田庄上来。大概是孩子生了，我晚上去看看。"

"王大哥被烧死以后，我看王阿嫂就没心思过日子了。一天东哭一场，西哭一场的，最近更厉害了！那天不是一面拾土豆，一面流着眼泪！"

又一个妇人皱起眉毛来说：

"真的，她流的眼泪比土豆还多。"

另一个又接着说：

"可不是吗？王阿嫂拾得的土豆，是用眼泪换得的。"

热情在激动着，一个抱着孩子拾土豆的妇人说：

"今天晚上我们都该到王阿嫂家去看看，她是我们的同类呀！"

田庄上十几个妇人用响亮的嗓子在表示赞同。

张地主走来了，她们都低下头去工作着。张地主走开，她们又都抬起头来；就像被风刮倒的麦草一样，风一过去，草梢又都伸立起来；她们说着方才的话：

"她怎能不伤心呢？王大哥死时，什么也没给她留下。眼看又来到冬天，我们虽是有男人，怕是棉衣也预备不齐。她又怎么办呢？

小孩子若生下来她可怎么养活呢？我算知道，有钱人的儿女是儿女，穷人的儿女，分明就是孽障。"

"谁不说呢？听说王阿嫂有过三个孩子都死了！"

其中有两个死去男人，一个是年轻的，一个是老太婆。她们在想起自己的事，老太婆想着自己男人被车轧死的事，年轻的妇人想着自己的男人吐血而死的事，只有这两妇人什么也不说。

张地主来了，她们的头就和向日葵似的在田庄上弯弯地垂下去。

小环的叫喊声在田庄上、在妇人们的头上响起来：

"快……快来呀！我妈妈不…………不能，不会说话了！"

小环是一个被大风吹着的蝴蝶，不知方向，她惊恐的翅膀痉挛的在振动；她的眼泪在眼眶里急得和水银似的不定形的滚转；手在捉住自己的小辫，跺着脚，破着声音喊：

"我妈……妈怎么了……她不说话……不会呀！"

五

等到村妇挤进王阿嫂屋门的时候，王阿嫂自己已经在炕上发出她最后沉重的嚎声，她的身子早被自己的血浸染着，同时在血泊里也有一个小的、新的动物在挣扎。

王阿嫂的眼睛像一个大块的亮珠,虽然闪光而不能活动。她的嘴张得怕人,像猿猴一样,牙齿拼命地向外突出。

村妇们有的哭着,也有的躲到窗外去,屋子里散散乱乱,扫帚、水壶、破鞋,满地乱摆。邻家的小猫蹲缩在窗台上。小环低垂着头在墙角间站着,她哭,她是没有声音的在哭。

王阿嫂就这样的死了!新生下来的小孩,不到五分钟也死了!

六

月亮穿透树林的时节,棺材带着哭声向西岗子移动。村妇们都来相送,拖拖落落,穿着种种样样擦满油泥的衣服,这正表示和王阿嫂同一个阶级。

竹三爷手携着小环,走在前面。村狗在远处惊叫。小环并不哭,她依持别人,她的悲哀似乎分给大家担负似的,她只是随了竹三爷踏着贴在地上的树影走。

王阿嫂的棺材被抬到西岗子树林里。男人们在地面上掘坑。

小环,这个小幽灵,坐在树根下睡了。林间的月光细碎的飘落在小环的脸上。她两手扣在膝盖间,头搭在手上,小辫在脖子上给风吹动着,她是个天然的小流浪者。

棺材合着月光埋到土里了,像完成一件工作似的,人们扰攘着。

竹三爷走到树根下摸着小环的头发:

"醒醒吧,孩子,回家了!"

小环闭着眼睛说:

"妈妈,我冷呀。"

竹三爷说:

"回家吧!你哪里还有妈妈?可怜的孩子别说梦话!"

醒过来了,小环才明白妈妈今天是不再搂着她睡了。她在树林里,月光下,妈妈的坟前,打着滚哭啊……

"妈妈……你不要……我了!让我跟跟跟谁睡……睡觉呀?

"我……还要回到……张……张张地主家去挨打吗?"她咬住嘴唇哭。

"妈妈,跟……跟我回……回家吧……"

远近处颤动这小姑娘的哭声,树叶和小环的哭声一样交接的在响,竹三爷同别的人一样的在擦揉眼睛。

林中睡着王大哥和王阿嫂的坟墓。

村狗在远近的人家吠叫着断续的声音……

1933. 5. 21

夜 风

一

老祖母几夜没有安睡,现在又是抖着她的小棉袄①了。小棉袄一拿在祖母的手里,就怪形的在作恐吓相。仿佛小棉袄会说出祖母所不敢说出的话似的,外面风声又起了……刷刷……

祖母变得那样可怜,小棉袄在手里总是那样拿着。窗纸也响了。没有什么,是远村的狗吠。身影在壁间摇摇,祖母灭下烛,睡了。她的小棉袄又放在被边。可是这也没有什么,祖母几夜都是这样

---

① 北方的一种迷信活动。旧时的老太太,遇到不吉利的事情,抖动穿过50年的小棉袄,说是可以逢凶化吉。

睡的。

屋中并不黑沉，虽是祖母熄了烛。披着衣裳的五婶娘，从里间走出来，这时阴惨的月光照在五婶娘的脸上，她站在地心用微而颤的声音说：

"妈妈，远处许是来了马队，听，有马蹄响呢！"

老祖母还没忘掉做婆婆特有的口语向五婶娘说：

"可恶的×××又在寻死。不碍事，睡觉吧。"

五婶娘回到自己的房里，想唤醒她的丈夫，可是又不敢。因为她的丈夫从来就英勇，在村中是著名的，没怕过什么人。枪放得好，马骑得好。前夜五婶娘吵着×××是挨了丈夫的骂。

不碍事，这话正是碍事，祖母的小棉袄又在手中颠倒了。她把袖子当做领来穿。没有燃烛，斜歪着站起来，可是又坐下了。这时，已经把壁间落满灰尘的铅弹枪取下来，在装子弹。她想走出去上炮台望一下，其实她的腿早已不中用了，她并不敢放枪。

远村的狗吠得更甚了，像人马一般的风声也上来了。院中的几个炮手，还有老婆婆的七个儿子通起来了。她最小的儿子还没上炮台，在他自己的房中抱着他新生的小宝宝。

老祖母骂着：

"呵！太不懂事务了，这是什么时候？还没有急性呀！"

这个儿子，平常从没挨过骂，现在也骂了。接着小宝宝哭叫起来，别的房中，别的宝宝，也哭叫起来。

可不是吗？马蹄响近了，风声更恶，站在炮台上的男人们持着枪杆，伏在地下的女人们抱着孩子。不管哪一个房中都不敢点灯，听说×××是找光明的。

大院子里的马棚和牛棚，安静着，像等候厄运似的。可是不然了，鸡、狗和鸭、鹅们，都闹起来，就连放羊的童子也在院中乱跑。

马，认清是马形了；人，却分不清是什么人。天空是月，满山白雪，风在回转着，白色的山无止境的牵连着。在浩荡的天空下，南山坡口，游动着马队，蛇般地爬来了。二叔叔在炮台里看见这个，他想灾难算是临头了，一定是来攻村子的。他跑向下房去，每个雇农给一支枪，雇农们欢喜着，他们想：

"地主多么好啊！张二叔叔多么仁慈啊！老早就把我们当做家人看待的，现在我们共同来御敌吧！"

往日地主待他们，就连他们最反对的减工资，现在也不恨了，只有御敌是当前要做的。不管厨夫，也不管是别的役人，都欢喜着提起枪跑进炮台去。因为枪是主人从不放松给他们拿在手里。尤其欢喜的是牧羊的那个童子——长青。他想，我有一支枪了，我也和地主的儿子们一样的拿着枪了。长青的衣裳太破，裤子上的一个小孔,在抢着上炮台时裂了个大洞。

人马近了,大道上飘着白烟,白色的山和远天相结,天空的月彻底的照着,马像跑在空中似的。这也许是开了火吧!……砰砰……炮手们看得清是几个探兵作的枪声。

长青在炮台的一角,把住他的枪,也许是不会放,站起来,把枪嘴伸出去,朝着前边的马队。这马队就是地主的敌人。他想这是机会了。二叔叔在后面止住他:

"不要放,等近些放!"

绕路去了,数不尽的马的尾巴渐渐消失在月夜中了。墙外的马响着鼻子。马棚里的马听了也在响鼻子,这时,老祖母欢喜地喊着孙儿们:

"不要尽在冷风里,你们要进屋来暖暖,喝杯热茶。"

她的孙儿们强健地回答:

"奶奶,我们全穿皮袄,我们在看守着,怕贼东西们再转回来。"

炮台里的人稀疏了。是凡地主和他们的儿子都转回屋去,可是长青仍蹲在那里,作一个小炮手的模样,枪嘴向前伸着,但棉裤后身做了个大洞,他冷得几乎是不能耐,要想回房去睡。但是没有当真那么作。因为他想起了地主张二叔叔平常对他的训话了:"为人要忠。你没看古来有忠臣孝子吗?忍饿受寒,生死不怕,真是可佩服的。"

长青觉得这正是尽忠,也是尽孝的时候,恐怕错了机会似的,他在捧着枪,也在作一个可佩服的模样。裤子在屁股间裂着一个大洞。

二

这人是谁呢?头发蓬着,脸没有轮廓,下垂的头遮盖住,暗色的房间破乱得正像地主们的马棚。那人在啼着,好像失去丈夫的乌鸦一般。屋里的灯灭了,窗上的影子飘忽失去。

两棵立在门前的大树光着身子在嚎叫已经失去的他的生命。风止了,篱笆也不响了。整个的村庄默得不能再默。儿子,长青,回来了。

在屋里啼哭着,穷困的妈妈听得外面有踏雪声,她想这是她的儿子吧?可是她又想,儿子十五天才回一次家,现在才十天,并且脚步也不对,她想这是一个过路人。

柴门开了,柴门又关了,篱笆上的积雪,被振动落下来,发响。

妈妈出去像往日一样,把儿子接进来,长青的腿软得支不住自己的身子,他是斜歪着走回来的,所以脚步差错得使妈妈不能听出。

现在是躺在炕上,脸儿青青的流着鼻涕;妈妈不晓得是发生了什么事。

心痛的妈妈急问:

"儿呀,你又牧失了羊吗?主人打了你吗?"

长青闭着眼睛摇头。妈妈又问:

"那是发生了什么事?来对妈妈说吧!"

长青是前夜看守炮台冻病了的,他说:

"妈妈,前夜你没听着马队走过吗?张二叔叔说×××是万恶之极的,又说专来杀小户人家。我举着枪在炮台里站了半夜。"

"站了半夜又怎么样呢?张二叔打了你吗?"

"妈妈,没有,人家都称我们是小户人家,我怕马队杀妈妈,所以我在等候着打他们!"

"我的孩子,你说吧,你怎么会弄得这样呢?"

"我的裤子不知怎么弄破了,于是我就病了!"

妈妈的心好像是碎了!她想丈夫死去三年,家里从没买过一尺布和一斤棉。于是她把儿子的棉裤脱了下来,面着灯照了照,一块很厚的,另一块是透着亮。

长青抽着鼻子哭,也许想起了爸爸。妈妈放下了棉裤,把儿子抱过来。

豆油灯像在打寒颤似的,火苗哆嗦着。唉,穷妈妈抱着病孩子。

三

张老太太又在抖着她的小棉袄了。因为她的儿子们不知辛苦了多少年,才做了个地主;几次没把财产破坏在土匪和叛兵的手里,现在又闹×军,她当然要抖她的小棉袄啰。

张二叔叔走过来,看着妈妈抖得怪可怜的,他安慰着:

"妈妈,这算不了什么,您想,我们的炮手都很能干呢。并且恶霸们有天理来昭彰,妈妈您睡下吧,不要起来,没有什么事。"

"可是我不能呢,我不放心!"

张老太太说着,外面枪响了。全家的人像上次一样,男的提枪,女的抱着孩子。风声似乎更紧,树林在啸。

这是一次虚惊,前村捉着个小偷。一阵风云又过了。在乡间这样的风云是常常闹的。老祖母的惊慌似乎成了癖。全家的人,管谁都在暗笑她的小棉袄。结果就是什么事没发生,但,她小棉袄仍是不留意地拿在手里,虽然她只穿着件睡觉的单衫。

张二叔叔同他所有的弟兄们坐在老太太的炕沿上,老六开始说:

"长青那个孩子,怕不行,可以给他结账的。有病不能干活计的孩子，活着又有什么用？"

说着，把烟卷放在嘴里，抱起他三年前就患着瘫病的儿子走回自己的房子去了。

张老太太说：

"长青那是我叫他来的，多做活少做活的不说，就算我们行善，给他碗饭吃，他那样贫寒。"

大媳妇含着烟袋，她是四十多岁的婆子。二媳妇是个独腿人，坐在她自己的房里。三媳妇也含着烟袋在喊三叔叔回房去睡觉。老四、老五，以至于老七这许多儿媳妇都向老太太问了晚安才退去。老太太也觉得困了似的，合起眼睛抽她的长烟袋。

长青的妈妈——洗衣裳的婆子来打门，温声地说：

"老太太，上次给我吃的咳嗽药再给我点吃吧！"

张老太太也是温和着说：

"给你这片吃了，今夜不会咳嗽的，可是再给你一片吧！"

洗衣裳的婆子暗自非常感谢张老太太，退回那间靠近草棚的黑屋子去睡了。

第二天，天将黑的时候，在大院的绳子上，挂满了黑色的、白色的，地主的小孩的衣裳，以及女人的裤子。就是这个时候，晒在绳子上的衣服有浓霜透出来，冻得挺硬，风刮得有铿锵声。洗衣裳

的婆子咳嗽着,她实在不能再洗了,于是走到张老太太的房里:

"张老太太,我真是废物呢,人穷又生病!"

她一面说一面咳嗽:

"过几天我一定来把所有余下的衣服洗完。"

她到地心那个桌子下,取她的包袱,里面是张老太太给她的破毡鞋;二婶子和别的婶子给她的一些棉花和裤子之类。这时,张老太太在炕里含着她的长烟袋。

洗衣裳的婆子有个破落无光的家屋,穿的是张老太太穿剩的破毡鞋。可是张老太太有着明亮的镶着玻璃的温暖的家,穿的是从城市里新买回来的毡鞋。这两个老婆婆比在一起,是非常有趣的。很巧,牧羊的长青走进来,张二叔叔也走进来。老婆婆是这样两个不同形的,生出来的儿子当然两样:一个是揶着鞭子的牧人,一个是把着算盘的地主。

张老太太扭着她不是心思的嘴角问:

"我说,老李,你一定要回去吗?明天不能再洗一天吗?"

用她昏花的眼睛望着老李。老李说:

"老太太,不要怪我,我实在做不下去了!"

"穷人的骨头想不到这样值钱。我想,你儿子不知是谁的力量才在这里待得住。也好。那么,昨夜给你那药片,为着今夜你咳嗽来吃它，现在你可以回家去养着去了，把药片还我吧，那是很贵呢，不要白费了！"

老李把深藏在包袱里的那片预备今夜回家吃的药片拿出来。

老李每月要来给张地主洗五次衣服，每次都是给她一些萝卜或土豆，这次都没给。

老婆子夹着几件地主的媳妇们给她的一些破衣服，这也就是她的工银。

老李走在有月光的大道上，冰雪闪着寂寂的光。她寡妇的脚踏在雪地上，就像一只单身的雁，在哽咽着她孤飞的寂寞。树空着枝干，没有鸟雀。什么人全都睡了。尽树儿的那端有她的家屋出现。

打开了柴门，连个狗儿也没有，谁出来迎接她呢？

四

两天过后，风声又紧了！真的×军要杀小户人家吗？怎么都潜进破落村户去？李婆子家也曾住过那样的人。

长青真的结了财了，背着自己的小行李走在风雪的路上。好像一个流浪的、丧失了家的小狗，一进家屋他就哭着，他觉得绝望。吃饭，妈妈是没有米的，他不用妈妈问他就自己诉说怎样结了账，怎样赶他出来，他越想越没路可走，哭到委屈的时候，脚在炕上跳，用哀惨的声音呼着他的妈妈：

"妈妈，我们吊死在爹爹坟前的树上吧！"

可是这次，出乎意料的，妈妈没有哭，没有同情他，只是说：

"孩子，不要胡说了，我们有办法的。"

长青拉着妈妈的手，奇怪的，怎么妈妈会变了呢？怎么变得和男人一样有主意呢？

五

前村的消息传来的时候，张二叔叔的家里还没吃早饭。

整个的前村和×军混成一团了。有的说是在宣传，有的说是在焚房屋，屠杀贫农。

张二叔叔放探出去，两个炮手背上大枪和小枪，用鞭子打着马，刺面的严冬的风夺面而过。可是他们没有走到地点就回来了，报告是这样：

"不知这是什么埋伏，村民安静着，鸡犬不惊的，不知在做些什么？"

张二叔叔问："那么你们看见些什么呢？"

"我们是站在山坡往下看的，没有马槽，把草摊在院心，马匹在急吃着草，那些恶棍们和家人一样在院心搭着炉，自己做饭。"

全家的人挤在老祖母的门里门外，眼睛瞪着。全家好像窒息了似的。张二叔叔点着他的头："唔！你们去吧！"

这话除了他自己，别人似乎没有听见。关闭的大门外面有重车轮轧轧经过的声音。

可不是吗，敌人来了，方才吓得像木雕一般的张老太太也扭走起来。

张二叔叔和一群小地主们捧着枪不放，希望着马队可以绕道过去。马队是过去了一半，这次比上次的马匹更多。使张二叔叔纳闷的是后半部的马队还夹杂着爬犁小车，并且车上像有妇女们坐着。更近了，张二叔叔是千真万确看见了一些雇农：李三，刘福，小秃……一些熟识的佃农。张二叔叔气得仍要动起他地主的怒来大骂。

兵们从东墙回转来，把张二叔叔的房舍包围了，开了枪。

这不是夜，没有风。这是在光明的朝阳下，张二叔叔是第一个倒地。在他一秒钟清醒的时候，他看见了长青和他的妈妈——李婆子，也坐在爬犁上，在挥动着拳头

1933. 8. 27

哑老人

孙女——小岚大概是回来了吧,门响了下。秋晨的风洁静得有些空凉,老人没有在意,他的烟管燃着,可是烟纹不再作环形了,他知道这又是风刮开了门。他面向外转,从门口看到了荒凉的街道。

他睡在地板的草帘上,也许麻袋就是他的被褥吧,堆在他的左近,他是前月才患着半身肢体不能运动的病,他更可怜了。满窗碎纸都在鸣叫,老人好像睡在坟墓里似的,任凭野甸上是春光也好,秋光也好,但他并不在意,抽着他的烟管。

秋凉毁灭着一切,老人的烟管转走出来的烟纹也被秋凉毁灭着。

这就是小岚吧,她沿着破落的街走,一边扭着她的肩头,走到门口,她想为什么门开着——可是她进来了,没有惊疑。

老人的烟管没烟纹走出,也像老人一样的睡了。小岚站在老人的背后，沉思了一刻，好像是在打主意——唤醒祖父呢——还是让他睡着。

地上两张草帘是别的两个老丐的铺位，可是空闲着。小岚在空虚的地板上绕走，她想着工厂的事吧。

非常沉重的老人的鼾声停住了，他衰老的灵魂震动了一下。那是门声，门又被风刮开了，老人真的以为是孙女回来给他送饭。他歪起头来望一望，孙女跟着他的眼睛走过来了。

小岚看着爷爷震颤的胡须，她美丽、凄凉的眼笑了，说："好了些吧？右半身活动得更自由了些吗？"

这话是用眼睛问的，并没有声音。只有她的祖父，别人不会明白或懂得这无声的话，因为哑老人的耳朵也随着他的喉咙有些哑了，小岚把手递过去，抬动老人的右臂。

老人哑着——咔……咔……哇……

老人的右臂仍是不大自由，有些痛，他开始寻望小岚的周身。小岚自愧地火热般的心跳了，她只为思索工厂要裁她的事，从街上带回来的包子被忘弃着，冰凉了。

包子交给爷爷："爷爷，饿了吧？"

其实，她的心一看到包子早已惭愧着，悒恨着，可是不会意想到的，老人就拿着这冰冷的包子已经在笑了。

可爱的包子倒惹他生气,老人关于他自己吃包子,感觉十分有些不必需。他开始做手势:扁扁的,长圆的,大树叶样的;他头摇着,他的手不意的、困难而费力的在比作。

小岚在习惯上她是明白,这是一定要她给买大饼子(玉米饼)。小岚也做手势,她的手向着天,比作月亮大小的圆环,又把手指张开作一个西瓜形,送到嘴边去假吃。她说:

"爷爷,今天是过八月节啦,所以爷爷要吃包子的。"

这时老人的胡须荡动着,包子已经是吞掉了两个。

也许是为着过节,小岚要到街上去倒壶开水来。她知道自家是没有水壶,老人有病,罐子也摆在窗沿,好像是休息,小岚提着罐子去倒水。

窗纸在自然地鸣叫,老人点起他的烟管了。

这是十分难能的事,五个包子却留下一个。小岚把水罐放在老人的身边,老人用烟管点给她……咔……哇……

小岚看着白白的小小的包子,用她凄怆的眼睛,快乐地笑了,又惘然地哭了,她为这个包子伟大的爱,唤起了她内心脆弱得差不多彻底的悲哀。

小岚的哭惊慌地停止。这时老人哑着的嗓子更哑了,头伏在枕上摇摇,或者他的眼泪没有流下来,胡须震荡着,窗纸鸣得更响了。

"岚姐，我来找你。"

一个女孩子，小岚工厂的同伴，进门来，她接着说：

"你不知道工厂要裁你吗？我抢着跑来找你。"

小岚回转头向门口做手势，怕祖父听了这话，平常她知道祖父是听不清的，可是现在她神经质了，她过于神经质了。

可是那个女孩子还在说：

"岚姐，女工头说你夜工做得不好，并且每天要回家两次。女工头说小岚不是没有父母吗？她到工厂来，不说她是个孤儿么？所以才留下了她——也许不会裁了你！你快走吧。"

老人的眼睛看着什么似的那样自揣着，他只当又是邻家姑娘来同小岚上工去。

使老人生疑的是小岚临行时对他的摇手，为什么她今天不作手势，也不说一句话呢？老人又在自解，也许是工厂太忙。

老人的烟管是点起来的，幽闲的他望着烟纹，也望着空虚的天花板。凉澹的秋的气味像侵袭似的，老人把麻袋盖了盖，他一天的工作只有等孙女。孙女走了，再就是他的烟管。现在他又像早睡了，又像等候他孙女晚上回来似的睡了。

当别的两个老丐在草帘上吃着饭类东西的时候，不管他们的铁罐搬得怎样响，老人仍是睡着，直到别的老丐去取那个盛热水的罐时，他算是醒了。可是打了个招呼，他又睡了。

"他是有福气的，他有孙女来养活他，假若是我患着半身不遂的病，老早就该死在阴沟了。"

"我也是一样。"

两个老丐说着，也要点着他们的烟管，可是没有烟了，要去取哑老人的。

忽然一个包子被发现了，拿过来，说给另一个听：

"三哥，给你吃吧，这一定是他剩下来的。"

回答着："我不要，你吃吧。"

可是另一个在说"我不要"这三个字以前，包子已经落进他的嘴里，好像他让三哥吃的话是含着包子说的。

他们谈着关于哑老人的话：

"在一月以前，那时你还不是没住在这里吗，他讨要过活，和我们一样。那时孙女缝穷，后来孙女入了工厂，工厂为了做夜工是不许女工回家的，记得老人一夜没有回来。第二天早晨，我到街头看他，已睡在墙根，差不多和死尸一样了。我把他拖回房里，可是他已经不省人事了。后来他的孙女每天回来看护他，从那时起，他就患着病了。"

"他没有家人么？"

"他的儿子死啦,媳妇嫁了人。"

两个老丐也睡在草帘上,止住了他们的讲话,直到哑老人睡得够了,他们凑在一起讲说着,哑老人虽然不能说话,但也笑着。

这是怎么样呢?天快黑了,小岚该到回来的时候了。老人觉到饿,可是只得等着。那两个又出去寻食,他们临出去的时候,罐子撞得门框发响,可是哑老人只得等着。

一夜在思量,第二个早晨,哑老人的烟管不间断地燃着,望望门口,听听风声,都好像他孙女回来的声音。秋风竟忍心欺骗哑老人,不把孙女带给他。

又燃着了烟管,望着天花板,他咳嗽着。这咳嗽声经过空冷的地板,就像一块铜掷到冰山上一样,响出透亮而凌寒的声来。当老人一想到孙女为了工厂忙,虽然他是这样的饿,也就耐心地望着烟纹在等。

窗纸也像同情老人似的,耐心地鸣着。

小岚死了,遭了女工头的毒打而死,老人却不知道他的希望已经断了路。他后来自己扶着自己颤颤的身子,把经日讨饭的家伙,从窗沿取来,挂了满身,那些会活动的罐子,配着他直挺的身体,在做出痛心的可笑的模样。他又向门口走了两步,架了长杖,他年老而踥蹀的身子上有几只罐子在凑趣般地摇动着,那更可笑了,可笑得会更痛心。

蓦然地,他的两个老伙伴开门了,这是一个奇异的表情,似一朵鲜红的花突然飞到落了叶的枯枝上去。走进来的两个老乞丐正是这样,他们悲惨而酸心的脸上,突然作笑。他们说:

"老哥,不要到街上去,小岚是为了工厂忙,你的病还没好,你是七十多岁的人了,这里有我们三个人的饭呢,坐下来先吃吧,小岚会回来的。"

讲这些话的声音,有些特别,并且嘴唇是不自然地起落,哑老人听不清他们究竟说的是什么,就坐下来吃。

哑老人算是吃饱了,其余的两个,是假装着吃,知道饭是不够的。他不能走路,他颤颤着腿,像爬似的走回他的铺位。

"女工头太狠了。"

"那样的被打死,太可怜,太惨。"

哑老人还没睡着的时候,他们的议论好像在提醒他。他支住腰身坐起来,皱着眉想——死……谁死了呢?

哑老人的动作呆得笑人,仿佛是个笨拙的侦探,在侦查一个难解的案件。眉皱着,眼瞪着,心却糊涂着。

那两个老丐,蹑着脚,拿着烟管想走。

依旧是破落的家屋,地板有洞,三张草帘仍在地板上,可是都空着，窗户用麻袋或是破衣塞堵着，有阴风在屋里飘走。终年没有阳光，终年黑灰着，哑老人就在这洞中过他残老的生活。

现在冬天，孙女死了，冬天比较更寒冷起来。

门开处，老人幽灵般地出现在门口，他是爬着，手脚一起落地地在爬着，正像个大爬虫一样。他的手插进雪地去，而且大雪仍然是飘飘落着，这是怎样一个悲惨的夜呀，天空挂着寒月。

并没有什么吃的，他的罐子空着，什么也没讨到。

别的两个老丐，同样是这洞里爬虫的一分子，回来了说："不要出去呀，我们讨回来的东西只管吃，这么大的年纪。"

哑老人没有回答，用呵气来温暖他的手，肿得萝卜似的手。饭是给哑老人吃了，别人只得又出去。

厂子和从前一样破落，阴沉的老人也和从前一样吸着他的烟管。可是老人他只剩烟管了，他更孤独了。

从草帘下取出一张照片来，不敢看似的他哭了，他绝望地哭，把躯体偎作个绝望的一团。

当窗纸不作鸣的时候，他又在抽烟。

只要抡动一次胳膊，在他全像搬转一只铁钟似的，要费几分钟。

在他模糊中，烟火坠到草帘上，火烧到胡须时，他还没有觉察。

他的孙女死了，伙伴没在身边，他又哑，又聋，又患病，无处

·33·

不是充满给火烧死的条件。就这样子,窗纸不作鸣声,老人滚着,他的胡须在烟里飞着白白的。

1938. 8. 27

手

在我们的同学中，从来没有见过这样的手：蓝的，黑的，又好像紫的；从指甲一直变色到手腕以上。

她初来的几天，我们叫她"怪物"。下课以后大家在地板上跑着，也总是绕着她。关于她的手，但也没有一个人去问过。

教师在点名，使我们越忍越忍不住了，非笑不可了。

"李洁！"

"到。"

"张楚芳！"

"到。"

"徐桂真！"

"到。"

迅速而有规律性的站起来一个，又坐下去一个。但每次一喊到王亚明的地方，就要费一些时间了。

"王亚明，王亚明……叫到你啦！"别的同学有时要催促她，于是她才站起来，把两只青手垂得很直，肩头落下去，面向着棚顶说：

"到，到，到。"

不管同学们怎样笑她，她一点也不感到慌乱，仍旧弄得椅子响，庄严的，似乎费掉了几分钟才坐下去。

有一天上英文课的时候，英文教师笑得把眼镜脱下来在擦眼睛：

"你下次不要再答'黑耳'了，就答'到'吧！"

全班的同学都在笑，把地板擦得很响。

第二天的英文课，又喊到王亚明时，我们又听到"黑耳——黑——耳。"

"你从前学过英文没有？"英文教师把眼镜移动了一下。

"不就是那英国话吗？学是学过的，是麻子脸先生教的……铅笔叫'喷丝儿'，钢笔叫'盆'。可是没学过'黑耳'。"

"Here 就是'这里'的意思，你读：Here！Here！"

"喜儿！喜儿。"她又读起"喜儿"来了。这样的怪读法，全课堂都笑得颤栗起来。可是王亚明，她自己却安然地坐下去，青色的手开始翻着书页。并且低声读了起来：

"华提……贼死……阿儿……"

数学课上，她读起算题来也和读文章一样：

"$2X + Y = \cdots\cdots X^2 = \cdots\cdots$"

午餐的桌上，那青色的手已经抓到了馒头，她还想着"地理"课本："墨西哥产白银……云南……唔，云南的大理石。"

夜里她躲在厕所里边读书，天将明的时候，她就坐在楼梯口。只要有一点光亮的地方，我常遇到过她。有一天落着大雪的早晨，窗外的树枝挂着白绒似的穗头，在宿舍的那边，长筒过道的尽头，窗台上似乎有人睡在那里了。

"谁呢？这地方多么凉！"我的皮鞋拍打着地板，发出一种空洞洞的嗡声，因为是星期天的早晨，全个学校出现在特有的安宁里。一部分的同学化着妆；一部分的同学还睡在眠床上。

还没走到她的旁边，我看到那摊在膝头上的书页被风翻动着。

"这是谁呢？礼拜日还这样用功！"正要唤醒她，忽然看到那青色的手了。

"王亚明，哎……醒醒吧……"我还没有直接招呼过她的名字，感到生涩和直硬。

"喝喝……睡着啦！"她每逢说话，总是开始钝重的笑笑。

"华提……贼死，右……爱……"她还没有找到书上的字就读起来。

"华提……贼死，这英国话真难……不像咱们中国字：什么字旁，什么字头……这个：委曲拐弯的，好像长虫爬在脑子里，越爬越糊涂，越爬越记不住。英文先生也说不难，不难，我看你们也不难。我的脑筋笨，乡下人的脑筋没有你们那样灵活。我的父亲还不如我，他说他年轻的时候，就记他这个'王'字，记了半顿饭的工夫还没记住。右……爱……右……阿儿……"说完一句话，在末尾不相干的又读起单字来。

风车哗啦哗啦地响在壁上，通气窗时时有小的雪片飞进来，在窗台上结着些水珠。

她的眼睛完全爬满着红丝条；贪婪，把持，和那青色的手一样在争取她那不能满足的愿望。

在角落里，在只有一点灯光的地方，我都看到过她，好像老鼠在啮嚼什么东西似的读起单字来。

她的父亲第一次来看她的时候，说她胖了：

"妈的，吃胖了，这里吃的比咱家吃得好，是不是？好好干吧！干下三年来，不成圣人吧，也总算明白明白人情大道理。"在课堂上，一个星期之内，人们都是学着王亚明的父亲。第二次，她的父亲又来看她，她向父亲要一双手套。

"就把我这副给你吧！书，好好念书，要副手套还没有吗？等一等，不用忙……要戴就先戴这副，开春！我又不常出什么门，明子，上冬咱再买，是不是？明子！"在"接见室"门口嚷嚷着，四周已经是围满着同学，于是他又喊着明子明子的又说了一些事情：

"三妹到二姨家去串门啦，去了两三天啦，小肥猪每天又多加了两把豆子，胖得那样，你没看见，耳朵都挣挣起来了……姐姐又来家腌了两罐子咸葱……"

正讲得他流汗的时候，女校长穿过人群站到前面去：

"请到接见室里面坐吧——"

"不用了，不用了，耽搁工夫，我也是不行的，我还就要去赶火车……赶回去，家里一群孩子，放不下心……"他把皮帽子放在手上，向校长直点着头，头上冒着气，他就推开门出去了。好像校长把他赶走似的。可是他又转回身来，把手套脱下来。

"爹，你戴着吧，我戴手套本来是没用的。"

她的父亲也是青色的手，比王亚明的手更大更黑。

在阅报室里，王亚明问我：

"你说，是吗？到接见室去坐下谈话就要钱的吗？"

"哪里要钱！要的什么钱！"

"你小点声说，叫她们听见，她们又谈笑话了。"她用手掌指点着我读着的报纸,"我父亲说的,他说接见室里摆着茶壶和茶碗,若进去,怕是校役就给倒茶了,倒茶就要钱了。我说不要,他可是不信,他说连小店房进去喝一碗水也多少得赏点钱,何况学堂呢?你想学堂是多么大的地方!"

校长已说过她几次:

"你的手,就洗不干净了吗?多加点肥皂!好好洗洗,用热水烫一烫。早操的时候,在操场上竖起来的几百条手臂都是白的,就是你,特别呀!真特别。"女校长用她贫血的和化石一般透明的手指去触动王亚明的青色手,看那样子,她好像是害怕,好像微微有点抑止着呼吸,就如同让她去接触黑色的已经死掉的鸟类似的:"是褪得很多了,手心可以看到皮肤了。比你刚来的时候强得多,那时候,那简直是铁手……你的功课赶得上了吗?多用点功,以后,早操你就不用上了,学校的墙很低,春天里散步的外国人又多,他们常常停在墙外看的。等你的手褪掉颜色再上早操吧!"校长告诉她,停止了她的早操。

"我已经向父亲要到了手套,戴起手套来不就看不见了吗?"打开书箱,取出了她父亲的手套来。

校长笑得发着咳嗽,那贫血的面孔立刻旋动着红的颜色:"不必了!既然是不整齐,戴手套也是不整齐。"

假山上面的雪消融了去，校役把铃子摇得似乎更响些。窗前的杨树抽着芽，操场好像冒着烟似的，被太阳蒸发着。上早操的时候，那指挥官的口笛鸣振得也远了，和窗外树丛中的人家起着回应。

我们在跑，在跳，和群鸟似的在嘈杂。带着糖质的空气迷漫着我们，从树梢上面吹下来的风，混合着嫩芽的香味。被冬天枷锁了的灵魂，和被束掩的棉花一样舒展开来。

正当早操刚收场的时候，忽然听到楼窗口有人在招呼什么，那声音被空气负载着向天空响去似的：

"好暖和的太阳！你们热了吧？你们……"在抽芽的杨树后面，那窗口站着王亚明。

等杨树已经长了绿叶，满院结成了阴影的时候，王亚明却渐渐变成了干缩，眼睛的边缘发着绿色，耳朵也似乎薄了一些，至于她的肩头，一点也不再显出蛮野和强壮。当她偶然出现在树荫下，那开始陷下的胸部，使我立刻从她想到了生肺病的人。

"我的功课，校长还说跟不上；倒也是跟不上，到年底若再跟不上，喝喝！真会留级的吗？"她讲话虽然仍和从前一样"喝喝"的，但她的手却开始畏缩起来，左手背在背后，右手在衣襟下面突出个小丘。

我们从来没有看到她哭过。大风在窗外倒拔着杨树那天，她背向着教室,也背向着我们,对着窗外的大风哭了。那是那些参观的人走了以后的事情了,她用那已经开始在褪着色的青手捧着眼泪。

"还哭!还哭什么?来了参观的人,还不躲开。你自己看看,谁像你这样特别!两只蓝手还不说,你看看,你这件上衣,快变成灰的了!别人都是蓝上衣,哪有你这样特别,太旧的衣裳颜色是不整齐的……不能因为你一个人而破坏了制服的规律性……"她一面嘴唇与嘴唇切合着,一面用她惨白的手指去撕王亚明的领口:"我是叫你下楼,等参观的走了再上来,谁叫你就站在过道呢?在过道,你想想:他们看不到你吗?你倒戴起了这样大的一副手套……"

说到"手套"的地方,校长的黑色漆皮鞋,那亮晶晶的鞋尖去踢了一下已经落到地板上的一只手套:

"你觉得你戴上了手套,站在这地方就十分好了吗?这叫什么玩意儿?"她又在手套上踏了一下。她看到那和马车夫一样肥大的手套,抑止不住地笑出声来了。

王亚明哭了这一次,好像风声都停止了,她还没有停止。

暑假以后,她又来了。夏末简直和秋天一样凉爽,黄昏以前的太阳染在马路上,使那些铺路的石块都变成了朱红色。我们集着群在校门口里的山丁树下吃着山丁。就是这时候,王亚明坐着马车从"喇嘛台"那边哗啦哗啦地跑来了。只要马车一停下,那就全然寂静下去,她的父亲搬着行李,她抱着面盆和一些零碎,走上台阶来了。我们并不立刻为她闪开,有的说着:"来啦!""你来啦!"有的完全向她张着嘴。

等她父亲腰带上挂着的白毛巾一抖一抖地走上了台阶,就有人在说:

"怎么!在家住了一个暑假,她的手又黑了呢!那不是和铁一样了吗?"

秋季以后,宿舍搬家的那天,我才真正注意到这铁手。我似乎已经睡着了,但能听到隔壁在吵叫着:

"我不要她,我不和她并床。"

"我也不和她并床。"

我再仔细听了一些时候,就什么也听不清了,只听到嗡嗡的笑声和绞成一团的吵嚷。夜里我偶然起来到过道去喝了一次水。长椅上睡着一个人,立刻就被我认出来,那是王亚明。两只黑手遮着脸孔。被子一半脱落在地板上,一半挂在她的脚上。我想她一定又是借着过道的灯光在夜里读书,可是她的旁边也没有什么书本,并且她的包袱和一些零碎就在地板上围绕着她。

第二天的夜晚,校长走在王亚明的前面,一面走,一面响着鼻子。她穿过床位,用她的细手推动那一些连成排的铺平的白床单:

"这里,这里的一排七张床,只睡八个人,六张床还睡九个呢!"她翻着那被子,把它排开一点,让王亚明把被子就夹在这地方。

王亚明的被展开了,为着高兴的缘故,她还一边铺着床一边嘴里似乎打着哨子。我还从没听到过这个,在女学校里,没有人用嘴打过哨子。

她已经铺好了、她坐在床上张着嘴,把下颚微微向前抬起一点,像是安然和舒畅在镇压着她似的。校长已经下楼了,或者已经离开了宿舍,回家去了。但,舍监这老太太,鞋子在地板上擦擦着,头发完全失掉了光泽,她跑来跑去:

"我说,这也不行……不讲卫生,身上生着虫类,什么人还不想躲开她呢?"她又向角落里走了几步,我看到她的白眼球好像对着我似的:"看这被子吧!你们去嗅一嗅!隔着二尺远都有气味了……挨着她睡觉,滑稽不滑稽!谁知道……虫类不会爬了满身吗?去看看,那棉花都黑得什么样子啦!"

舍监常常讲她自己的事情,她的丈夫在日本留学的时候,她也在日本,也算是留学。同学们问她:

"学的什么呢?"

"不用专学什么!在日本说日本话,看看日本风俗,这不也是留学吗?"她说话总离不了"不卫生,滑稽不滑稽……肮脏",她叫虱子特别要叫虫类。

"人肮脏，手也肮脏。"她肩头很宽，说着肮脏，她把肩头故意抬高了一下，好像寒风忽然吹到她似的，她跑出去了。

"这样的学生，我看校长可真是……可真是多余要……"打过熄灯铃之后，舍监还在过道里和别的一些同学在讲说着。

第三天夜晚，王亚明又提着包袱，卷着行李，前面又是走着白脸的校长。

"我们不要，我们的人数够啦！"

校长的指甲还没接触到她们的被边时，她们就嚷了起来，并且换了一排床铺，也是嚷了起来：

"我们的人数也够啦！还多了呢！六张床，九个人，还能再加了吗？"

"一、二、三、四……"校长开始计算："不够，还可以再加一个，四张床，应该六个人，你们只有五个……来！王亚明！"

"不，那是留给我妹妹的，她明天就来……"那个同学跑过去，把被子用手按住。

最后，校长把她带到别的宿舍去了。

"她有虱子，我不挨着她……"

"我也不挨着她……"

· 45 ·

"王亚明的被子没有被里,棉花贴着身子睡,不信,校长看!"

后来,她们就开着玩笑,竟至说出害怕王亚明的黑手而不敢接近她。

以后,这黑手人就睡在过道的长椅上。我起得早的时候,就遇到她在卷着行李,并且提着行李下楼去。有时我也在地下"储藏室"遇到她,当然是夜晚,所以她和我谈话的时候,我都是看看墙上的影子,她搔着头发的手,那影子印在墙上也和头发一样颜色。

"惯了,椅子也一样睡,就是地板也一样,睡觉的地方,就是睡觉,管什么好歹!念书是要紧的……我的英文,不知在考试的时候,马先生能给我多少分数?不够六十分,年底要留级的吗?"

"不要紧,一门不能够留级。"我说。

"爹爹可是说啦!三年毕业,再多半年,他也不能供给我学费……这英国话,我的舌头可真转不过弯来!嘿嘿……"

全宿舍的人都在厌烦她,虽然她是住在过道里。因为她夜里总是咳嗽着……同时在宿舍里边,她开始用颜料染着袜子和上衣。

"衣裳旧了,染染差不多和新的一样。比方,夏季制服,染成灰色就可以当秋季制服穿……比方,买白袜子,把它染成黑色,这都可以……"

"为什么你不买黑袜子呢?"我问她。

"黑袜子，他们是用机器染的，矾太多……不结实，一穿就破的……还是咱们自己家染的好……一双袜子好几毛钱……破了就破了，还得了吗？"

礼拜六的晚上，同学们用小铁锅煮着鸡子。每个礼拜六差不多总是这样，她们要动手烧一点东西来吃。从小铁锅煮好的鸡子，我也看到的，是黑的，我以为那是中了毒。那端着鸡子的同学，几乎把眼镜咆哮得掉落下来：

"谁干的好事！谁？这是谁？"

王亚明把面孔向着她们来到了厨房，她拥挤着别人，嘴里嘿嘿地：

"是我，我不知道这锅还有人用，我用它煮了两双袜子……嘿嘿……我去……"

"你去干什么？你去……"

"我去洗洗它！"

"染臭袜子的锅，还能煮鸡子吃！还要它？"铁锅就当着众人在地板上哐啷、哐啷地跳着，人咆哮着，戴眼镜的同学把黑色的鸡子好像抛着石头似的用力抛在地上。

人们都散开的时候，王亚明一边拾着地板上的鸡子，一边在自己说着话：

"哟！染了两双新袜，铁锅就不要了！新袜子怎么会臭呢？"

冬天，落雪的夜里，从学校出发到宿舍去，所经过的小街完全被雪片占据了。我们向前冲着，扑着，若遇到大风，我们就风雪中打着转，倒退着走，或者是横着走。清早，照例又要从宿舍出发，在十二月里，每个人的脚都冻木了，虽然是跑着，也要冻木的。所以我们咒诅和怨恨，甚至于有的同学已经在骂着，骂着校长是"混蛋"，不应该把宿舍离开学校这么远，不应该在天还不亮就让学生们从宿舍出发。

有些天，在路上我单独的遇到王亚明。远处的天空和远处的雪都在闪着光，月亮使得我和她踏着影子前进。大街和小街都看不见行人。风吹着路旁的树枝在发响，也时时听到路旁的玻璃窗被雪扫着在呻吟。我和她谈话的声音，被零度以下气温所反应也增加了硬度。等我们的嘴唇也和我们的腿部一样感到了不灵活，这时候，我们总是终止了谈话，只听着脚下踏着的雪，乍乍乍的响。

手在按着门铃，腿好像就要自己脱离开，膝盖向前时时要跪了下去似的。

我记不得哪一个早晨，腋下夹着还没有读过的小说，走出了宿舍。我转过身去，把栏栅门拉紧。但心上也总有些恐惧。越看远处模糊不清的房子，越听后面在扫着的风雪，就越害怕起来。星光是那样微小,月亮也许落下去了,也许被灰色的和土色的云彩所遮蔽。

走过一丈远,又像增加了一丈似的,希望有一个过路的人出现,但又害怕那过路人,因为在没有月亮的夜里,只能听到声音而看不见人,等一看见人影,那就像从地面突然长了起来似的。

我踏上了学校门前的石阶,心脏仍在发热,我在按铃的手,似乎已经失去了力量。突然,石阶又有一个人走下来了:

"谁?谁?"

"我!是我。"

"你就走在我的后面吗?"因为一路上我并没听到有另外的脚步声,这使我更害怕起来。

"不,我没走在你的后面,我来了好半天了。校役他是不给开门的。我招呼了不知道多大工夫了。"

"你没按过铃吗?"

"按铃没有用,嘿嘿,校役开了灯,来到门口,隔着玻璃向外看看……可是到底他不给开。"

里边的灯亮起来,一边骂着似的哐啷啷啷地把门给闪开了:

"半夜三更叫门……该考背榜不是一样考背榜吗?"

"干什么?你说什么?"我这话还没有说出,校役就改变了态度:

"萧先生,您叫门叫了好半天了吧?"

我和王亚明拼直走进了地下室,她咳嗽着,她的脸苍黄得几乎是打着皱纹似的,颤嗦了一些时候,被风吹得而挂下来的眼泪,还停留在脸上,她就打开了课本。

"校役为什么不给你开门?"我问。

"谁知道?他说来得太早,让我回去,后来他又说校长的命令。"

"你等了多少时候了?"

"不算多大工夫,等一会,就等一会,一顿饭这个样子。嘿嘿……"

她读书的样子,完全和刚来的时候不一样,那喉咙渐窄小了似的,只是喃喃着,并且那两边摇动的肩头,也显着紧缩和偏狭,背脊已经弓了起来,胸部却平了下去。

我读着小说,很小的声音读着,怕是搅扰了她,但,这是第一次,我不知道为什么这只是第一次?

她问我读的什么小说,读没读过《三国演义》?有时,她也拿到手里看看书面,或是翻翻书页:"像你们多聪明!功课连看也不看,到考试的时候也一点不怕。我就不行,也想歇一会,看看别的书……可是,那就不成了……"

有一个星期日,宿舍里面空朗朗的,我就大声读着《屠场》上正是女工玛利亚昏倒在雪地上的那段。我一面看着窗外的雪地,一面读着，觉得很感动。王亚明站在我的背后，我一点也不知道：

"你有什么看过的书，也借给我一本，下雪天气，实在沉闷，本地又没有亲戚，上街又没有什么买的，又要花车钱……"

"你父亲很久不来看你了吗？"我以为她是想家了。

"哪能来！火车钱，一来回就是两元多……再说家里也没有人……"

我就把《屠场》放在她的手上，因为我已经读过了。

她笑着，"嘿嘿"着，她把床沿颤了两下，她开始研究着那书的封面。等她走出去时，我听在过道里她也学着我把那书开头的第一句读得很响。

以后，我又不记得是哪一天，也许又是什么假日，总之，宿舍是空朗朗的，一直到月亮已经照上窗子，全宿舍依然被剩在寂静中。我听到床头上有沙沙的声音，好像什么人在我的床头摸索着，我仰过头去，在月光下，我看到了是王亚明的黑手，并且把我借她的那本书放在我的旁边。

我问她："看得有趣吗？好吗？"

起初，她并不回答我，后来她把脸孔用手掩住，她的头发也像在抖着似的，她说：

"好。"

我听她的声音也像在抖着，于是我坐了起来。她却逃开了，用着那和头发一样颜色的手横在脸上。

　　过道的长廊空朗朗的，我看着沉在月光里的地板的花纹。

　　"玛利亚，真像有这个人一样，她倒在雪地上，我想她没有死吧！她不会死吧……那医生知道她是没有钱的人，就不给她看病……嘿嘿！"很高的声音，她笑了，借着笑的抖动眼泪才滚落下来："我也去请过医生，我母亲生病的时候，你看那医生他来吗？他先向我要马车钱，我说钱在家里，先坐车来吧！人要不行了……你看他来吗？他站在院心问我：'你家是干什么的？你家开染缸房（染衣店）吗？'不知为什么，一告诉他是开染缸房的，他就拉开门进屋去了……我等他，他没有出来，我又去敲门，他在门里面说：'不能去看这病，你回去吧！'我回来了……"她又擦了擦眼睛才说下去，"从这时候我就照顾着两个弟弟和两个妹妹。爹爹染黑的和蓝的，姐姐染红的……姐姐定亲的那年，上冬的时候，她的婆婆从乡下来住在我们家里，一看到姐姐她就说：'唉呀，那杀人的手！'从这起，爹爹就说不许某个人专染红的，某个人专染蓝的。我的手是黑的，细看才带点紫色，那两个妹妹也都和我一样。"

　　"你的妹妹没有读书？"

　　"没有，我将来教她们，可是，我也不知道我读得好不好，读不好,连妹妹都对不起……染一匹布,多不过三毛钱……一个月能有几匹布来染呢?衣裳每件一毛钱,又不论大小,送来染的都是大衣裳居多……去掉火柴钱,去掉颜料钱……那不是吗!我的学费……把他们在家吃咸盐的钱都给我拿来啦……我哪能不用心念书,我哪能?"她又去摸触那本书。

我仍然看着地板上的花纹,我想她的眼泪比我的同情高贵得多。

还不到放寒假时,王亚明在一天的早晨,整理着手提箱和零碎,她的行李,已经束得很紧,立在墙根的地方。

并没有人和她去告别,也没有人和她说一声"再见"。我们从宿舍出发,一个一个的经过夜里王亚明睡觉的长椅,她向我们每个人笑着,同时也好像从窗口在望着远方。我们使过道起着沉重的噪音,我们下着楼梯,经过了院宇,在栏栅门口,王亚明也赶到了,并且呼喘,并且张着嘴:

"我的父亲还没有来,多学一点钟是一点钟……"她向着大家在说话一样。

这最后的每一点钟,都使她流着汗。在英文课上,她忙着用小册子记下来黑板上所有的生字。同时读着,同时连教师随手写的、已经不必要的、读过的熟字,她也记了下来。在第二点钟地理课上,她又费着力气模仿着黑板上教师画的地图,她在小册子上也画了起来……好像所有这最末一天经过她的思想都重要起来,都必得留下一个痕迹。

在下课的时间,我看了她的小册子,那完全记错了:英文字母,有的脱落一个,有的她多加上一个……她的心情已经慌乱了。

夜里,她的父亲也没有来接她,她又在那长椅上展了被褥。只有这一次,她睡得这样早,睡得超过平常以上的安然,头发接近着被边,肩头随着呼吸放宽了一些。今天,她的左右并不摆着书本。

早晨,太阳停在颤抖的挂着雪的树枝上面,鸟雀刚出巢的时候,她的父亲来了。停在楼梯口,他放下肩上背来的大毡靴,他用围着脖子的白毛巾抒去胡须上的冰溜:

"你落了榜吗?你……"冰溜在楼梯上融成小小的水珠。

"没有,还没考试,校长告诉我,说我不用考啦,不能及格的……"

她的父亲站在楼梯口,把脸向着墙壁,腰间挂着的白手巾动也不动。

行李拖到楼梯口了,王亚明又去提着手提箱,抱着面盆和一些零碎,她把大手套还给她的父亲:

"我不要,你戴吧!"她父亲的毡靴一移动,就在地板上压了几个泥圈圈。

因为是早晨,来围观的同学们很少。王亚明就在轻微的笑声里边戴起了手套。

"穿上毡靴吧！书没念好，别再冻掉了两只脚。"她的父亲把两只靴子相连的皮条解开。

靴子一直掩过了她的膝盖，她和一个赶马车的人一样，头部也用白色的绒布包起。

"再来，把书带回家好好读读再来。嘿……嘿。"不知道她向谁说着。当她又提起了手提箱，她问她的父亲：

"叫来的马车就在门外吗？"

"马车，什么马车？走着上站吧……我背着行李……"

王亚明的毡靴在楼梯上扑扑地拍着。父亲走在前面，变了颜色的手抓着行李的角角。

那被朝阳拖得苗长的影子，跳动着在人的前面先爬上了木栅门。从窗子看去，人也好像和影子一样轻浮，只能看到他们，而听不到关于他们的一点声音。

出了木栅门，他们就向着远方，向着迷漫着朝阳的方向走去。

雪地好像碎玻璃似的，越远，那闪光就越刚强。我一直看到那远处的雪地刺痛了我的眼睛。

1936．3

牛 车 上

金花菜在三月的末梢就开遍了溪边。我们的车子在朝阳里轧着山下的红绿颜色的小草,走出了外祖父的村梢。

车夫是远族上的舅父,他打着鞭子,但那不是打在牛的背上,只是鞭梢在空中绕来绕去。

"想睡了吗?车刚走出村子呢!喝点梅子汤吧!等过了前面的那道溪水再睡。"外祖父家的女佣人,是到城里去看她的儿子的。

"什么溪水,刚才不是过的吗?"从外祖父家带回来的黄猫,也好像要在我的膝头上睡觉了。

"后塘溪。"她说。

"什么后塘溪?"我并没有注意她,因为外祖父家留在我们的后面,什么也看不见了,只有村梢上庙堂前的红旗杆还露着两个金顶。

"喝一碗梅子汤吧,提一提精神。"她已经端了一杯深黄色的梅子汤在手里,一边又去盖着瓶口。

"我不提,提什么精神,你自己提吧!"

他们都笑了起来,车夫立刻把鞭子抽响了一下。

"你这姑娘……顽皮……巧舌头……我……我……"他从车辕转过身来,伸手要抓我的头发。

我缩着肩头跑到车尾上去。村里的孩子没有不怕他的,说他当过兵,说他捏人的耳朵也很痛。

五云嫂下车去给我采了这样的花,又采了那样的花,旷野上的风吹得更强些,所以她的头巾好像是在飘着。因为乡村留给我尚没有忘却的记忆,我时时把她的头巾看成乌鸦或是鹊雀。她几乎是跳着,几乎和孩子一样。回到车上,她就唱着各种花朵的名字,我从来没看到过她像这样放肆一般的欢喜。

车夫也在前面哼着低粗的声音,但那分不清是什么词句。那短小的烟管顺着风时时送着烟氛,我们的路途刚一开始,希望和期待还离得很远。

我终于睡了,不知是过了后塘溪,是什么地方,我醒过一次,模模糊糊的好像那管鸭的孩子仍和我打着招呼,也看到了坐在牛背上的小根和我告别的情景……也好像外祖父拉住我的手又在说:"回家告诉你爷爷,秋凉的时候让他来乡下走走……你就说你姥爷腌的鹌鹑和顶好的高粱酒,等着他来一块喝呢……你就说我动不了,若不然,这两年,我总也去……"

唤醒我的不是什么人,而是那空空响的车轮。我醒来,第一下我看到的是那黄牛自己走在大道上,车夫并不坐在车辕上。在我寻找的时候,他被我发现在车尾上,手上的鞭子被他的烟管代替着,左手不住地在擦着下颚,他的眼睛顺着地平线望着辽阔的远方。

我寻找黄猫的时候,黄猫坐到五云嫂的膝头上去了,并且她还抚摸猫的尾巴。我看看她的蓝布头巾已经盖过了眉头,鼻子上显明的皱纹因为挂了尘土,更显明起来。

他们并没有注意到我的醒转。

"到第三年,他就不来信啦!你们这当兵的人……"

我就问她:"你丈夫也是当兵的吗?"

赶车的舅舅,抓了我的辫发,把我向后拉了一下。

"那么以后……就总也没有信来?"他问她。

"你听我说呀!八月节刚过……可记不得哪一年啦,吃完了早饭,我就在门前喂猪,一边咣咣地敲着槽子,一边'嗝唠嗝唠'地叫着猪……哪里听得着呢?南村王家的二姑娘喊着:'五云嫂,五云嫂……'一边跑着一边喊着:'我娘说,许是五云哥给你捎来的

· 58 ·

信!'真是，在我眼前的真是一封信，等我把信拿到手哇！看看……我不知为什么就止不住心酸起来……他还活着吗！他……眼泪就掉在那红签条上，我就用手去擦，一擦，这红圈子就印到白的上面去。把猪食就丢在院心……进屋摸了件干净衣裳，我就赶紧跑。跑到南村的学房，见了学房的先生，我一面笑着，就一面流着眼泪……我说：'是外头人来的信，请先生看看……一年来的没来过一个字。'学房先生接到手里一看，就说不是我的。那信我就丢在学房里跑回来啦……猪也没有喂，鸡也没有上架，我就躺在炕上啦……好几天，我像失了魂似的。"

"从此就没有来信？"

"没有。"她打开了梅子汤的瓶口，喝了一碗，又喝一碗。

"你们这当兵的人，只说三年二载……可是回来……回来个什么呢！回来个灵魂给人看看吧……"

"什么？"车夫说，"莫不是阵亡在外吗……"

"是，就算吧！音信皆无过了一年多。"

"是阵亡？"车夫从车上跳下去，拿了鞭子，在空中抽了两下，似乎是什么爆裂的声音。

"还问什么……这当兵的人真是凶多吉少。"她折皱的嘴唇好像撕裂了的绸片似的，显着轻浮和单薄。

车子一过黄村,太阳就开始斜了下去,青青的麦田上飞着鹊雀。

"五云哥阵亡的时候,你哭吗?"我一面捉弄着黄猫的尾巴,一面看着她。但她没有睬我,自己在整理着头巾。

等车夫颠跳着来在了车尾,扶了车栏,他一跳就坐在了车辕。在他没有抽烟之前,他的厚嘴唇好像关紧了的瓶口似的严密。

五云嫂的说话,好像落着小雨似的,我又顺着车栏睡下了。

等我再醒来,车子停在一个小村头的井口边,牛在饮着水,五云嫂也许是哭过,她陷下的眼睛高起来了,并且眼角的皱纹也张开来。车夫从井口搅了一桶水提到车子旁边:

"不喝点吗?清凉清凉……"

"不喝。"她说。

"喝点吧,不喝,就是用凉水洗洗脸也是好的。"他从腰带上取下手巾来,浸了浸水,"揩一揩!尘土迷了眼睛……"

当兵的人,怎么也会替人拿手巾?我感到了惊奇。我知道的当兵的人就会打仗,就会打女人,就会捏孩子们的耳朵。

"那年冬天,我去赶年市……我到城里去卖猪鬃,我在年市上喊着:'好硬的猪鬃来……好长的猪鬃来……'后一年,我好像把他爹忘下啦……心上也不牵挂……想想那没有个好,这些年,人还会活着!到秋天,我也到田上去割高粱,看我这手,也吃过气力……春天就带着孩子去做长工，两个月三个月的就把家拆了。冬天又把家归拢起来。什么牛毛啦……猪毛啦……还有些收拾来的鸟雀的毛。冬天就在家里收拾，收拾干净啦呀……就选一个暖和的天气进城去卖。若有顺便进城去的车呢，把秃子也就带着……那一次没有秃子。偏偏天气又不好，天天下清雪，年市上不怎么热闹；没有几捆猪鬃也总卖不完。一早就在市上，一直到太阳偏西。在十字街口，一家大买卖的墙头上贴着一张大纸，人们来来往往的在那里看，像是从一早那张纸就贴出来了！也许是晌午贴的……有的还一边看一边念出来几句。我不懂得那一套……人们说是'告示，告示'，可是告的什么，我也不懂那一套……'告示'倒知道，是官家的事情，与我们做小民的有什么长短！可不知为什么看的人就那么多……听说么，是捉逃兵的'告示'……又听说么……又听说几天就是送到县城来枪毙……"

"哪一年？民国十年枪毙逃兵二十多个的那回事吗？"车夫把卷起的衣袖在下意识里把它放下来，又用手扫着下颚。

"我不知道那叫什么年……反正枪毙不枪毙与我何干，反正我的猪鬃卖不完就不走运气……"她把手掌互相擦了一会，猛然像是拍着蚊虫似的，凭空打了一下：

"有人念着逃兵的名字……我看着那穿黑马褂的人……我就说，

'你再念一遍！'起先猪毛还拿在我的手上……我听到了姜五云姜五云的，好像那名字响了好几遍……我过了一些时候才想要呕吐……喉管里像有什么腥气的东西喷上来，我想咽下去！……又咽不下去！……眼睛冒着火苗……那些看'告示'的人往上挤着，我就退在了旁边。我再上前去看看，腿就不做主啦！看'告示'的人越多，我就退下来了！越退越远啦……"

她的前额和鼻头都流下汗来。

"跟了车，回到乡里，就快半夜了。一下车的时候，我才想起了猪毛……哪里还记得起猪毛……耳朵和两张木片似的啦……包头巾也许是掉在路上，也许是掉在城里……"

她把头巾掀起来，两个耳朵的下梢完全丢失了。

"看看，这是当兵的老婆……"

这回她把头巾束得更紧了一些，所以随着她的讲话，那头巾的角部也起着小小的跳动。

"五云倒还活着，我就想看看他，也算夫妇一回……

"……二月里，我就背着秃子，今天进城，明天进城……'告示'听说又贴过了几回，我不去看那玩意儿，我到衙门去问，他们说：'这里不管这事。'让我到兵营里去！……我从小就怕见官……乡下孩子，没有见过。那些带刀挂枪的，我一看到就发颤……去吧！

反正他们也不是见人就杀……后来常常去问，也就不怕了。反正一家三口，已经有一口拿在他们的手心里……他们告诉我，逃兵还没有送过来。我说什么时候才送过来呢？他们说：'再过一个月吧！'……等我一回到乡下，就听说逃兵已从什么县城，那是什么县城？到今天我也记不住那是什么县城……就是听说送过来啦就是啦……都说若不快点去看，人可就没有了。我再背着秃子，再进城……去问问，兵营的人说：'好心急，你还要问个百八十回。不知道，也许就不送过来的。'……有一天，我看着一个大官，坐着马车，叮咚叮咚的响着铃子，从营房走出来了……我把秃子放在地上，我就跑过去，正好马车是向着这边来的，我就跪下了，也不怕马蹄就踏在我的头上。

"'大老爷；我的丈夫……姜五……'我还没有说出来，就觉得肩膀上很沉重……那赶马车的把我往后面推倒了，好像跌了跤似的我爬在道边去。只看到那赶马车的也戴着兵帽子。

"我站起来，把秃子又背在背上……营房的前边，就是一条河，一个下半天都在河边上看着河水。有些钓鱼的，也有些洗衣裳的。远一点，在那河湾上那水就深了，看着那浪头一排排的从眼前过去。不知道几百条浪头都坐着看过去了。我想把秃子放在河边上，我一跳就下去吧！留他一条小命，他一哭就会有人把他收了去。

"我拍着那个小胸脯,我好像说:'秃儿,睡吧。'我还摸摸那圆圆的耳朵,那孩子的耳朵,真是,长得肥满,和他爹的一模一样,一看到那孩子的耳朵,就看到他爹了。"

她为了赞美而笑了笑。

"我又拍着那小胸脯,我又说:'睡吧!秃儿。'我想起了,我还有几吊钱,也放在孩子的胸脯里吧!正在伸,伸手去放……放的时节……孩子睁开眼睛了……又加上一只风船转过河湾来,船上的孩子喊妈的声音我一听到,我就从沙滩上面……把秃子抱……抱在……怀里了……"

她用包头巾像是紧了紧她的喉咙,随着她的手,眼泪就流了下来。

"还是……还是背着他回家吧!哪怕讨饭,也是有个亲娘……亲娘的好……"

那蓝色头巾的角部,也随着她的下颚颤抖了起来。

我们车子的前面正过着一堆羊群,放羊的孩子口里响着用柳条做成的叫子,野地在斜过去的太阳里边分不出什么是花什么是草了!只是混混黄黄的一片。

车夫跟着车子走在旁边,把鞭梢在地上荡起着一条条的烟尘。

"……一直在五月,营房的人才说:'就要来的,就要来的。'

"……五月的末梢,一只大轮船就停在了营房门前的河沿上。不知怎么这样多的人!比七月十五看河灯的人还多……"

她的两只袖子在招摇着。

"逃兵的家属,站在右边……我也站过去,走过一个戴兵帽子的人,还每个人给挂了一张牌子……谁知道,我也不认识那字……

"要搭跳板的时候,就来了一群兵队,把我们这些挂牌子的……就圈了起来……'离开河沿远点,远点……'他们用枪把手把我们赶到离开那轮船有三四丈远……站在我旁边的,一个白胡子的老头,他一只手下提着一个包裹,我问他:'老伯,为啥还带来这东西?'……'哼!不!我有一个儿子和一个侄子……一人一包……回阴曹地府,不穿洁净衣裳是不上高的……'

"跳板搭起来了……一看跳板搭起来就有哭的……我是不哭,我把脚跟立得稳稳当当的,眼睛往船上看着……可是,总不见出来……过了一会,一个兵官,挎着洋刀,手扶着栏杆说:'让家属们再往后退退……就要下船……'听着'吭唥'一声,那些兵队又用枪把手把我们向后赶了过去,一直赶上道旁的豆田,我们就站在豆秧上,跳板又呼隆隆地搭起了一块……走下来了,一个兵官领头……那脚镣子,哗啦哗啦的……我还记得,第一个还是个小矮个……走下来五六个啦……没有一个像秃子他爹宽宽肩膀的,是真的，很难看……两条胳臂直伸伸的……我看了半天工夫，才看出手上都是带了铐子的。旁边的人越哭，我就格外更安静。我只把眼睛看着那跳板……我要问问他爹'为啥当兵不好好当，要当逃兵……你看看，你的儿子，对得起吗？'

"二十来个，我不知道哪个是他爹，远看都是那么个样儿。一个青年的媳妇……还穿了件绿衣裳，发疯了似的，穿开了兵队抢过去了……当兵的哪肯叫她过去……就把她抓回来，她就在地上打滚。她喊：'当了兵还不到三个月呀……还不到……'两个兵队的人就把她抬回来，那头发都披散开啦。又过了一袋烟的工夫，才把我们这些挂牌子的人带过去……越走越近了，越近也就越看不清楚哪个是秃子他爹……眼睛起了白蒙……又加上别人都呜呜啕啕的，哭得我多少也有点心慌……

"还有的嘴上抽着烟卷，还有的骂着……就是笑的也有。当兵的这种人……不怪说，当兵的不信命……

"我看看，真是没有秃子他爹，哼！这可怪事……我一回身，就把一个兵官的皮带抓住：'姜五云呢？''他是你的什么人？''是我的丈夫。'我把秃子可就放在地上啦……放在地上，那不作美的就哭起来，我啪的一声，给秃子一个嘴巴……接着，我就打了那兵官：'你们把人消灭到什么地方去啦？'

66

"'好的……好家伙……够朋友……'那些逃兵们就连起声来跺着脚喊。兵官看看这情形，赶快叫当兵的把我拖开啦……他们说：'不只姜五云一个人，还有两个没有送过来，明后天，下一班船就送来……逃兵里他们三个是头目。'

"我背着孩子就离开了河沿，我就挂着牌子走下去了。我一路走，一路两条腿发颤。奔来看热闹的人满街满道啦……我走过了营房的背后，兵营的墙根下坐着两个包裹的老头，他的包裹只剩了一个。我说：'老伯，你的儿子也没来吗？'我一问他，他就把背脊弓了起来，用手把胡子放在嘴唇上，咬着胡子就哭啦！

"他还说：'因为是头目，就当地正法了咧！'当时，我还不知道这'正法'是什么……"

她再说下去，那是完全不相接连的话头。

"又过三年，秃子八岁的那年，把他送进了豆腐房……就是这样：一年我来看他两回。二年回家一趟……回来也就是十天半月的……"

车夫离开车子，在小毛道上走着，两只手放在背后。太阳从横面把他拖成一条长影，他每走一步，那影子就分成了一个叉形。

"我也有家小……"他的话从嘴唇上流下来似的，好像他对着旷野说的一般。

"哟!"五云嫂把头巾放松了些。

"什么!"她鼻子上的折皱抖动了一些时候,"可是真的……兵不当啦也不回家……"

"哼!回家!就背着两条腿回家?"车夫把肥厚的手揩扭着自己的鼻子笑了。

"这几年,还没多少赚几个?"

"都是想赚几个呀!才当逃兵去啦!"他把腰带更束紧了一些。

我加了一件棉衣,五云嫂披了一张毯子。

"嗯!还有三里路……这若是套的马……嗯!一颠搭就到啦!牛就不行,这牲口性子没紧没慢,上阵打仗,牛就不行……"车夫从草包取出棉袄来,那棉袄顺着风飞着草末,他就穿上了。

黄昏的风,却是和二月里的一样。车夫在车尾上打开了外祖父给祖父带来的酒坛。

"喝吧!半路开酒坛,穷人好赌钱…………喝上两杯。"他喝了几杯之后,把胸膛就完全露在外面。他一面啃嚼着肉干,一边嘴上起着泡沫。风从他的嘴边走过时,他唇上的泡沫也宏大了一些。

我们将奔到的那座城,在一种灰色的气候里,只能够辨别那不是旷野,也不是山冈,又不是海边,又不是树林……

车子越往前进,城座看来越退越远。脸孔上和手上,都有一种粘粘的感觉……再往前看,连道路也看不到尽头……

车夫收拾了酒坛,拾起了鞭子……这时候,牛角也模糊了去。

"你从出来就没回过家?家也不来信?"五云嫂的问话,车夫一定没有听到,他打着口哨,招呼着牛。后来他跳下车去,跟着牛在前面走着。

对面走过一辆空车,车辕上挂着红色的灯笼。

"大雾!"

"好大的雾!"车夫彼此招呼着。

"三月里大雾……不是兵灾,就是荒年……"

两个车子又过去了。

1936 年

朦胧的期待

一年之中三百六十日，

日日在愁苦之中，

还不如那山上的飞鸟，

还不如那田上的蚱虫……

李妈从那天晚上就唱着曲子，就是当她听说金立之也要出发到前方去之后。金立之是主人家的卫兵。这事可并没有人知道，或者那另外的一个卫兵有点知道，但也说不定是李妈自己的神经过敏。

"李妈！李妈……"

当太太的声音从黑黑的树荫下面传来时，李妈就应着回答了两三声。因为她是性急爽快的人,从来是这样,现在仍是这样。可是当她刚一抬脚,为着身旁的一个小竹方凳,差一点没有跌倒。于是她感到自己是流汗了,耳朵热起来,眼前冒了一阵花。她想说:

"倒霉!倒霉!"她一看她旁边站着那个另外的卫兵,她就没有说。

等她从太太那边拿了两个茶杯回来,刚要放在水里边去洗,那姓王的卫兵把头偏着:

"李妈,别心慌,心慌什么,打碎了杯子。"

"你说心慌什么……"她来到嘴边上的话没有说,像是生气的样子,把两个杯子故意地撞出叮当的响声来。

院心的草地上,太太和老爷的纸烟的火光,和一朵小花似的忽然开放得红了。忽然又收缩得像一片在萎落下去的花片。萤火虫在树叶上闪飞,看起来就像凭空的毫没有依靠的被风吹着似的那么轻飘。

"今天晚上绝对不会来警报的……"太太的椅背向后靠着,看着天空。她不大相信这天阴得十分沉重,她想要寻找空中是否还留着一个星子。

"太太,警报不是多少日子夜里不来了么?"李妈站在黑夜里,就像被消灭了一样。

"不对,这几天要来的,战事一过九江,武汉空袭就多起来……"

"太太,那么这仗要打到哪里?也打到湖北?"

"打到湖北是要打到湖北的,你没看见金立之都要到前方去了吗?"

"到大冶,太太,这大冶是什么地方?多远?"

"没多远,出铁的地方,金立之他们整个的特务连都到那边去。"

李妈又问:"特务连也打仗,也冲锋,就和别的兵一样?特务连不是长官旁边保卫长官的吗?好比金立之不是保卫太太和老爷的吗?"

"紧急的时候,他们也打仗,和别的兵一样啊!你还没听金立之说在大场他也作战过吗?"

李妈又问:"到大冶是打仗去?"隔了一会她又说:"金立之就是作战去?"

"是的,打仗去,保卫我们的国家!"

太太没有十分回答她,她就在太太旁边静静地站了一会,听着太太和老爷谈着她所不大理解的战局,又是田家镇……又是什么镇……

李妈离开了院心,经过有灯光的地方,她忽然感到自己是变大了，变得像和院子一般大，她自己觉得她自己已经赤裸裸地摆在人们的面前，又仿佛自己偷了什么东西被人发觉了一样，她慌忙地躲在了暗处。尤其是那个姓王的卫兵，正站在老爷的门厅旁边，手里拿着个牙刷，像是在刷牙。

"讨厌鬼，天黑了，刷的什么牙……"她在心里骂着，就走进厨房去。

一年之中三百六十五日，

日日在愁苦之中，

还不如那山上的飞鸟，

还不如那田上的蚱虫。

还不如那山上的飞鸟，

还不如那田上的蚱虫……

李妈在饭锅旁边这样唱着，在水桶旁边这样唱着，在晒衣服的竹竿子旁边也是这样唱着。从她的粗手指骨节流下来的水滴，把她的裤腿和她的玉蓝麻布的上衣都印着圈子。在她的深红而微黑的嘴唇上闪着一点光，好像一只油亮的甲虫伏在那里。

刺玫树的荫影在太阳下边，好像用布剪的，用笔画出来的一样，爬在石阶前的砖柱上。而那葡萄藤，从架子上边倒垂下来的缠绕的枝梢，上面结着和纽扣一般大的微绿色和小琉璃似的圆葡萄，风来的时候，还有些颤抖。

李妈若是前些日子从这边走过，必得用手触一触它们，或者拿在手上，向她旁边的人招呼着：

"要吃得啦……多快呀！长得多快呀！……"

可是现在她就像没有看见它们，来往的拿着竹竿子经过的时候，她不经意地把竹竿子撞了葡萄藤，那浮浮沉沉地摇着的叶子，虽是李妈已经走过，而那荫影还在地上摇了多时。

李妈的忧郁的声音，不但从曲子声发出，就是从勺子、盘子、碗的声音，也都知道李妈是忧郁了，因为这些家具一点也不响亮。往常那响亮的厨房，好像一座音乐室的光荣的日子，只落在回忆之中。

白嫩的豆芽菜，有的还带着很长的须子，她就连须子一同煎炒起来；油菜或是白菜，她把它带着水就放在锅底上，油炸着菜的声音就像水煮的一样。而后，浅浅的白色盘子的四边向外流着淡绿色的菜汤。

用围裙揩着汗，她在正对面她平日挂在墙上的那块镜子里边，反映着仿佛是受惊的，仿佛是生病的，仿佛是刚刚被幸福离弃了的年轻的山羊那样沉寂。

李妈才二十五岁，头发是黑的，皮肤是坚实的，心脏的跳动也和她的健康成和谐。她的鞋尖常常是破的，因为她走路永远来不及举平她的脚，门槛上，煤堆上，石阶的边沿上，她随时随地的畅快地踢着。而现在反映在镜子里的李妈，不是那个原来的李妈，而是另外的李妈了，黑了，沉重了，喑哑了。

把吃饭的家具摆齐之后，她就从桌子边退了去，她说："不大舒服，头痛。"

她面向着栏栅外的平静的湖水站着，而后荡着。已经爬上了架的倭瓜，在黄色的花上，有蜜蜂在带着粉的花瓣上来来去去。而湖上打成片的肥大的莲花叶子，每一张的中心顶着一个圆圆的水珠，这些水珠和水银的珠子似的向着太阳。淡绿色的莲花苞和挂着红嘴的莲花苞，从肥大的叶子旁边钻了出来。

湖边上，有人为着一点点家常的菜蔬除着草，房东的老仆人指着那边竹墙上冒着气一张排着一张的东西，向着李妈说：

"看吧！这些当兵的都是些可怜人，受了伤，自己不能动手，都是弟兄们在湖里给洗这东西。这大的毯子，不会洗净的。不信，过到那边去看看，又腥又有别的味……"

西边竹墙上晒军用毯，还有些草绿色的近乎黄色的军衣。李妈知道那是伤兵医院。从这几天起,她非常厌恶那医院,从医院走出来的用棍子当做腿的伤兵们,现在她一看见了就有些害怕。所以那老头指给她看的东西,她只假装着笑笑。隔着湖,在那边湖边上洗衣服的也是兵士,并且在石头上打着洗着的衣裳,发出沉重的水声来。……"金立之裹腿上的带子,我不是没给他钉起吗?真是发昏了,他一会不是来取吗?"

等她取了针线又来到湖边,隔湖的马路上,正过着军队,唱着歌的混着灰尘的行列,金立之不就在那行列里边吗?李妈神经质的,自己也觉得这想头非常可笑。

这种流行的军歌,李妈都会唱,尤其是那句:"中华民族到了最危险的时候。"她每唱到这一句,她就学着军人的步伐走了几步。她非常喜欢这个歌,因为金立之喜欢。

可是今天她厌恶他们,她把头低下去,用眼角去看他们,而那歌声,就像黄昏时成团在空气中飞的小虫子似的,使她不能躲避。

"李妈……李妈。"姓王的卫兵喊着她,她假装没有听到。

"李妈,金立之来了。"

李妈相信这是骗她的话,她走到院心的草地上去,呆呆地站在那里。王卫兵和太太都看着她:

"李妈没有吃饭吗?"

她手里卷着一半裹腿,她的嘴唇发黑,她的眼睛和钉子一样的坚实,不知道钉在她面前的什么。而另外的一半裹腿,比草的颜色稍微黄一点,长长的拖在地上,拖在李妈的脚下。

金立之晚上八点多钟来的。红的领章上又多一颗金花,原来是两个,现在是三个。在太太的房里,为着他出发到前方去,太太赏给他一杯柠檬茶。

"我不吃这茶,我只到这里……我只回来看一下。连长和我一同到街上买连里用的东西。我不吃这茶……连长在八点一刻来看老爷的。"他灵敏地看一下袖口的表,"现在八点,连长一来,我就得跟连长一同归连……"

接着,他就谈些个他出发到前方,到什么地方,做什么职务,特务连的连长是怎样一个好人,又是带兵多么真诚……太太和他热诚地谈着。李妈在旁边又拿太太的纸烟给金立之,她说:

"现在你来是客人了,抽一支吧!"

她又跑去把裹腿拿来,摆在桌子上,又拿在手里又打开,又卷起来……在地板上,她几乎不能停稳,就像有风的水池里走着的一张叶子。

他为什么还不来到厨房里呢?李妈故意先退出来,站在门槛旁边咳嗽了两声,而后又大声和那个卫兵讲着连她自己也不知道是什

么意思的话。她看金立之仍不出来,她又走进房去,她说:

"三个金花了,等从前方回来,大概要五个金花了。金立之今天也换了新衣裳,这衣裳也是新发的吗?"

金立之说:"新发的。"

李妈要的并不是这样的回答。李妈说:

"现在八点五分了,太太的表准吗?"

太太只向着表看了一下,点一点头,金立之仍旧没有注意。

"这次,我们打仗全是为了国家,连长说,宁做战死鬼,勿做亡国奴,我们为了妻子,家庭,儿女,我们必须抗战到底。……"

金立之站得笔直在和太太讲话。

趁着这工夫,她从太太房子里溜了出来,下了台阶,转了一个弯,她就出了小门,她去买两包烟送给他。听说,战壕里烟最宝贵。她在小巷里一边跑着,一边想着她所要说的话:"你若回来的时候,可以先找到老爷的官厅,就一定能找到我。太太走到哪里,说一定带着我走。"再告诉他:"回来的时候,你可不就忘了我,要做个有良心的人,可不能够高升忘了我……"

她在黑黑的巷子里跑着,她并不知道自己是在发烧。她想起来到夜里就越热了,真是湖北的讨厌的天气,她的背脊完全浸在潮湿里面。

"还得把这块钱给他，我留着这个有什么用呢！下月的工钱又是五元。可是上前线去的，钱是有数的……"她隔着衣裳捏着口袋里一元钱的票子。

等李妈回来，金立之的影子都早消失在小巷里了，她站在小巷里喊着：

"金立之……金立之……"

远近都没有回声，她的声音还不如落在山涧里边还能得到一个空虚的反响。

和几年前的事情一样，那就是九江的家乡，她送一个年轻的当红军的走了，他说他当完了红军回来娶她，他说那时一切就都好了。临走时还送给她一匹印花布，过去她在家里看到那印花布，她就要啼哭。现在她又送走这个特务连的兵士走了，他说抗战胜利了回来娶她，他说那时一切就都好了。

还得告诉他："把我的工钱，都留着将来安排我们的家。"

但是，金立之已经走远了。想是连长已经来了，他归连了。

等她拿着纸烟，想起这最末的一句话的时候，她的背脊被凉风拍着，好像浸在凉水里一样。因为她站定了，她停止了，热度离开了她，跳跃和翻腾的情绪离开了她。徘徊、鼓荡着的要破裂的那一刻的人生，只是一刻把其余的人生都带走了。人在静止的时候常常冷的。所以是她不期的打了个激灵的冷战。

李妈回头看一看那黑黑的院子,她不想再走进去,可是在她前面的那黑黑的小巷子,招引着她的更没有方向。

她终归是转回身来,在那显着一点苍白的铺砖的小路上,她摸索着回来了。房间里的灯光和窗帘子的颜色,单调得就像飘在空中的一块布和闪在空中的一道光线。

李妈打开了女仆的房门,坐在她自己的床头上。她觉得虫子今夜都没有叫过,空的,什么都是不着边际的,电灯是无缘无故的悬着,床铺是无缘无故的放着,窗子和门也是无缘无故的设着……总之,一切都没有理由存在,也没有理由消灭……

李妈最末想起来的那一句话,她不愿意反复,可是她又反复了一遍:

"把我的工钱,都留着将来安排我们的家。"

李妈早早地休息了,这是第一次,在全院子的女仆休息之前她是第一次睡得这样早,两盒红锡包香烟就睡在她枕头的旁边。

湖边上战士们的歌声,虽然是已经黄昏以后,有时候隐现的还可以听到。

夜里,她梦见金立之从前线上回来了。"我回来安家了,从今我们一切都好了。"他打胜了。

而且金立之的头发还和从前一样的黑。

他说:"我们一定得胜利的,我们为什么不胜利呢,没道理!"

李妈在梦中很温顺地笑了。

1938. 10. 31

逃 难

这火车可怎能上去？要带东西是不可能。就单人说吧，也得从下边用人抬。

何南生在抗战之前做小学教员，他从南京逃难到陕西，遇到一个朋友是做中学校长的，于是他就做了中学教员。做中学教员这回事先不提。就单说何南生这面貌，一看上去真使你替他发愁。两个眼睛非常光亮而又时时在留神，凡是别人要看的东西，他却躲避着，而别人不要看的东西，他却偷看着。他还没开口说话，他的嘴先向四边咧着，几乎把嘴裂成一个火柴盒形，那样子使人疑心他吃了黄连。除了这之外，他的脸上还有点特别的地方。就是下眼睑之下那两块豆腐块样突起的方形筋肉，不管他在说话的时候，在笑的时候，在发愁的时候，那两块筋肉永久不会运动。就连他最好的好朋友，不用说，就连他的太太吧！也从没有看到他那两块砖头似的筋肉运动过。

"这是干什么……这些人。我说，中国人若有出息真他妈的……"

何南生一向反对中国人，就好像他自己不是中国人似的。抗战之前反对得更厉害，抗战之后稍稍好了一点，不过有时候仍旧来了他的老毛病。

什么是他的老毛病呢？就是他本身将要发生点困难的事情，也许这事情不一定发生。只要他一想到关于他本身的一点不痛快的事，他就对全世界怀着不满。好比他的袜子晚上脱的时候掉在地板上，差一点没给耗子咬了一个洞，又好比临走下讲台的当儿，一脚踏在一支粉笔头上，粉笔头一滚，好险没有跌了一跤。总之，危险的事情若没有发生就过去了，他就越感到那危险得了不得，所以他的嘴上除掉常常说中国人怎样怎样之外，还有一句常说的就是："到那时候可怎么办哪……"

他一回头，又看到了那塞满着人的好像鸭笼似的火车。

"到那时候可怎么办哪？"现在他所说的到那时候可怎么办，是指着到他们逃难的时候可怎么办。

何南生和他的太太送走了一个同事，还没有离开站台，他就开始不满意。他的眼睛离开那火车第一眼看到他的太太,就觉得自己的太太胖得像笨猪,这在逃难的时候多麻烦。

"看吧,到那时候可怎么办!"他心里想着:"再胖点就是一辆火车都要装不下啦!"可是他并没有说。

他又想到,还有两个孩子,还有一只柳条箱,一只猪皮箱,一个网篮。三床被子也得都带着……网篮里边还能装得下两个白铁锅。到哪里还不是得烧饭呢!逃难,逃到哪里还不是得先吃饭呢!不用说逃难,就说抗战吧,我看天天说抗战的逃起难来比谁都来得快,而且带着孩子老婆锅碗瓢盆一大堆。

在路上他走在他太太的前边,因为他心里一烦乱,就什么也不愿意看。他的脖子向前探着,两个肩头低落下来,两只胳臂就像用稻草做的似的,一路上连手指尖都没有弹一下。若不是看到他的两只脚还在一前一后的移进着,真要相信他是画匠铺里的纸彩人了。

这几天来何南生就替他们的家庭忧着心,而忧心得最厉害的就是从他送走那个同事,那快要压瘫人的火车的印象总不能去掉。可是也难说,就是不逃难,不抗战,什么事也没有的时候,他也总是胆战心惊的。这一抗战,他就觉得个人的幸福算完全不用希望了,他就开始做着倒霉的准备。倒霉也要准备的吗?读者们可不要稀奇!现在何南生就要做给我们看了:一九三八年三月十五日,何南生从床上起来了，第一眼他看到的，就是墙上他已准备好的日历。

"对的，是今天，今天是十五……"

一夜他没有好好睡，凡是他能够想起的，他就一件一件的无管大事小事都把它想一遍，一直听到了潼关的炮声。

敌人占了风陵渡和我们隔河炮战已经好几天了。这炮声夜里就停息，天一亮就开始。本来这炮声也没有什么可怕的。何南生也不怕，虽然他教书的那个学校离潼关几十里路。照理应该害怕，可是因为他的东西都通通整理好了，就要走了，还管他炮战不炮战呢！

他第二眼看到的就是他太太给他摆在枕头旁边的一双袜子。

"这是干什么？这是逃难哪……不是上任去呀……你知道现在袜子多少钱一双……"他喊着他的太太："快把旧袜子给我拿来！把这新袜子给我放起来。"

他把脚尖伸进拖鞋里去，没有看见破袜子破到什么程度，那露在后边的脚跟，他太太一看到就咧起嘴来。

"你笑什么，你笑！这有什么好笑的……还不快给孩子穿衣裳。天不早啦……上火车比登天还难，那天你还没看见。袜子破有什么好笑的，你没看到前线上的士兵呢！都光着脚。"这样说，好像他看见了，其实他也没看见。

十一点钟还有他的一点钟历史课，他没有去上，两点钟他要上车站。

他吃午饭的时候,一会看看钟,一会揩揩汗。心里一着急,所以他就出汗。学生问他几点钟开车,他就说:"六点一班车,八点还有一班车。我是预备六点的,现在的事难说,要早去,而况我是带着他们……"他所说的"他们",是指的孩子,老婆和箱子。

因为他是学生们组织的抗战救国团的指导,临走之前还得给学生们讲几句话。他讲的什么,他没有准备,他一开头就说,他说他三五天就回来,其实他是一去就不回来的。最后一句说的是最后的胜利是我们的……其余的他说,他与陕西共存亡,他绝不逃难。

何南生的一家,在五点二十分钟的时候,算是全来到了车站:太太、孩子——一个男孩、一个女孩,一个柳条箱、一个猪皮箱、一只网篮、三个行李包。为什么行李包这样多呢?因为他把雨伞、字纸篓、旧报纸都用一条破被子裹着,算作一件行李;又把抗战救国团所发的棉制服,还有一双破棉鞋,又有一条被子包着,这又是一个行李;那第三个行李,一条被子,那里边包的东西可非常多:电灯泡、粉笔箱、羊毛刷子、扫床的扫帚、破揩布两三块、洋蜡头一大堆、算盘子一个、细铁丝两丈多,还有一团白线,还有肥皂盒盖一个,剩下又都是旧报纸。

只旧报纸他就带了五十多斤。他说:到哪里还不得烧饭呢?还不得吃呢?而点火还有比报纸再好的吗?这逃难的时候,能俭省就俭省,肚子不饿就行了。

除掉这三个行李,网篮也最丰富:白铁锅、黑瓦罐、空饼干盒子、挂西装的弓形的木架、洗衣裳时挂衣裳的绳子,还有一个掉了半个边的陕西土产的痰盂、还有一张小油布,是他那个两岁的女孩夜里铺在床上怕尿了褥子用的,还有两个破洗脸盆。一个洗脸的一个洗脚的。还有油乌的筷子笼一个,切菜刀一把,筷子一大堆,吃饭的饭碗三十多个,切菜墩和饭碗是一个朋友走留给他的。他说:逃难的时候,东西只有越逃越少,是不会越逃越多的。若可能就多带些个,没有错,丢了这个还有那个,就是扔也能够多扔几天呀!还有好几条破裤子都在网篮的底上,这个他也有准备。

他太太在装网篮的时候问他:"这破裤子要它做什么呢?"

他说:"你看你,万事没有打算,若有到难民所去的那一天,这个不都是好的吗?"

所以何南生这一家人,在他领导之下,五点二十分钟才全体到了车站,差一点没有赶上火车——火车六点开。

何南生一边流着汗珠,一边觉得这回可万事齐全了。他的心上有八分乐,他再也想不起什么要拿而没有拿的。因为他已经跑回去三次。第一次取了一个花瓶,第二次又在灯头上拧下一个灯伞来,第三次他又取了忘记在灶台上的半盒刀牌烟。

火车站离他家很近,他回头看看那前些日子还是白的,为着怕飞机昨天才染成灰包的小房。他点起一支烟来,在站台上来回的喷着,反正就等火车来,就等这一下了。

"到那时候可怎么办哪!照理他正该说这一句话的时候。站台上不知堆了多少箱子、包裹,还有那么一大批流着血的伤兵,还有那么一大堆吵叫着的难民。这都是要上六点钟开往西安的火车。但何南生的习惯不是这样,凡事一开头,他最害怕。总之一开头他就绝望,等到事情真来了,或是越来越近了,或是就在眼前,一到这时候,你看他就安闲得多。

火车就要来了,站台上的大钟已经五点四十一分。

他又把他所有东西看了一遍,一共是大小六件,外加热水瓶一个。

"实在没有什么东西忘记了吧!你再好好想想!"他问他的太太说。

他的女孩跌了一跤,正在哭着,他太太就用手给那孩子抹鼻涕:"哟!我的小手帕忘下了呀!今天早晨洗的,就挂在绳子上。我想着想着,说可别忘了,可是到底忘了,我觉得还有点什么东西,有点什么东西,可就想不起来。"

· 88 ·

何南生早就离开太太往回跑了。

"怎么能够丢呢?你知道现在的手帕多少钱一条?"他就用那手帕揩着脸上的汗,"这逃难的时候,我没说过吗!东西少了可得节约,添不起。"

他刚喘上一口气来,他用手一摸口袋,早晨那双没有舍得穿的新袜子又没有了。

"这是丢在什么地方啦?他妈的……火车就要到啦……三四毛钱,又算白扔啦!"

火车误了点,六点五分钟还没到,他就趁这机会又跑回去一趟。袜子果然找到了,托在他的掌心上,他正在研究着袜子上的花纹。他听他的太太说:"你的眼镜呀……"

可不是,他一摸眼镜又没有了。本来他也不近视,也许为了好看,他戴眼镜。

他正想回去找眼镜,这时候,火车到了。

他提起箱子来,向车门奔去。他挤了半天没有挤进去。他看别人都比他来的快,也许别人的东西轻些。自己不是最先奔到车门口的吗?怎么不上去,却让别人上去了呢?大概过了十分钟,他的箱子和他仍旧站在车厢外边。

"中国人真他妈的……真是天生中国人。"他的帽子被挤下去时,他这样骂着。

火车开出去好远了,何南生的全家仍旧完完全全地留在站台上。

"他妈的,中国人要逃不要命,还抗战呢!不如说逃战吧!"他说完了"逃战",还四边看一看,这车站上是否有自己的学生或熟人。他一看没有,于是又抖着他那被撕裂的长衫:"这还行,这还没有见个敌人的影,就吓没魂啦!要挤死啦!好像屁股后边有大炮轰着。"

八点钟的那次开往西安的列车进站了,何南生又率领着他的全家向车厢冲去。女人叫着,孩子哭着,箱子和网篮又挤得吱咯的乱响。何南生恍恍惚惚地觉得自己是跌倒了,等他站起来,他的鼻子早就流了不少的血,血染着长衫的前胸。他太太报告说,他们只有一只猪皮箱子在人们的头顶上被挤进了车厢去。

"那里装的都是什么东西?"他着急,所以连那猪皮箱子装的什么东西都弄不清了。

"你还不知道吗?不都是你的衣裳?你的西装……"

他一听这个还了得!他就向着他太太所指的那个车厢寻去。火车就开了。起初开得很慢,他还跟着跑,他还招呼着,而后只得安然地退下来。

他的全家仍旧留在站台上,和别的那些没有上得车的人们留在一起。只是他的猪皮箱子自己跑上火车去走了。

"走不了,走不了,谁让你带这些破东西呢?我看……"太太说。

"不带,不带,什么也不带……到那时候可怎么办哪!"

"让你带吧!我看你现在还带什么!"

猪皮箱不跟着主人而自己跑了。饱满的网篮在枕木旁边裂着肚子,小白铁锅瘪得非常可怜。若不是它的主人,就不能认识它了。而那个黑瓦罐竟碎成一片一片的。三个行李只剩下一个完整的,他们的两个孩子正坐在那上面休息。其余的一个行李不见了,另一个被撕裂了。那些旧报纸在站台上飞,柳条箱也不见了。记不清是别人给拿去了,还是他们自己抬上车去了。

等到第三次开往西安的火车,何南生的全家总算全上去了。到了西安一下火车,先到他们的朋友家。

"你们来了呵!都很好!车上没有挤着?"

"没有,没有,就是丢点东西……还好,还好,人总算平安。"何南生的下眼睑之下的那两块不会运动的筋肉,仍旧没有运动。

"到那时候……"他又想要说到那时候可怎么办。没有说,他想算了吧!抗战胜利之前,什么能是自己的呢?抗战胜利之后什么不都有了吗?

何南生平静的把那一路上抱来的热水瓶放在了桌子上。

黄　河

悲壮的黄土层茫茫地顺着黄河的北岸延展下去，河水在辽远的转弯的地方完全是银白色，而在近处，它们则扭绞着旋卷着和鱼鳞一样。帆船，那么奇怪的帆船！简直和蝴蝶的翅子一样；在边沿上，一条白的，一条蓝的，再一条灰色的，而后也许全帆是白的，也许全帆是灰色的或蓝色的，这些帆船一只排着一只，它们的行走特别迟缓，看去就像停止了一样。除非天空的太阳，就再没有比这些镶着花边的帆更明朗的了，更能够眩惑人的感官的了。

载客的船也从这边继续的出发，大的，小的；还有载着货物的，载着马匹的；还有些响着铃子的，呼叫着的，乱翻着绳索的。等两只船在河心相遇的时候，水手们用着过高的喉咙，他们说些个普通话：太阳大不大，风紧不紧，或者说水流急不急，但也有时用过高的声音彼此约定下谁先行，谁后行。总之，他们都是用着最响亮的声音，这不是为了必要，是对于黄河他们在实行着一种约束。或者对于河水起着不能控制的心情，而过高的提拔着自己。

在潼关下边，在黄土层上垒荡着的城围下边，孩子们和妇人用着和狗尾巴差不多的小得可怜的笤帚，在扫着军队的运输队撒留下来稀零的、被人纷争着的、滚在平平的河滩上的几粒豆粒或麦稞。河的对面，就像孩子们的玩具似的，在层层叠叠生着绒毛似的黄土层上爬着一串微黑色的小火车。小火车，平和地，又急喘地吐着白汽，仿佛一队受了伤的小母猪样的在摇摇摆摆地走着。车上同猪印子一样打上两个淡褐色的字印："同蒲。"

黄河的惟一的特征，就是它是黄土的流，而不是水的流。照在河面上的阳光，反射的也不强烈。船是四方形的，如同在泥土上滑行，所以运行的迟滞是有理由的。

早晨，太阳也许带着风沙，也许带着晴朗来到潼关的上空，它抚摸遍了那广大的土层，它在那终年昏迷着的静止在风沙里边的土层上，用晴朗给摊上一种透明和纱一样的光彩，又好像月光在八月里照在森林上一样，起着远古的、悠久的，永不能够磨灭的悲哀的雾障。在夹对的黄土床中流走的河水相同，它是偷渡着敌军的关口，所以昼夜地匆忙，不停地和泥沙争斗着。年年月月，日日夜夜，时时刻刻，到后来它自己本身就绞进泥沙去了。河里只见了泥沙，所以常常被诅咒成泥河呀！野蛮的河，可怕的河，簸卷着而来的河，它会卷走一切生命的河，这河本身就是一个不幸。

现在是上午，太阳还与人的视线取着平视的角度，河面上是没有雾的，只有劳动和争渡。

正月完了，发酥的冰排流下来，互相击撞着，也像船似的，一片一片的。可是船上又像堆着雪，是堆起来的面袋子，白色的洋面。从这边河岸运转到那边河岸上去。

阎胡子的船，正上满了肥硕的袋子，预备开船了。

可是他又犯了他的老毛病，提着砂作的酒壶去打酒去了。他不放心别的撑篙的给他打酒，因为他们常常在半路矜持不住，空嘴白舌，就仰起脖儿呷了一口，或者把钱吞下一点儿去喝碗羊汤，不足的分量，用水来补足。阎胡子只消用舌头板一压，就会发现这些年轻人们的花头来的，所以回回是他自己去打酒。

水手们备好了纤绳，备好了篙子，便盘起膝盖坐下来等。

凡是水手，没有不愿意靠岸的，不管是海航或是河航。但是，凡是水手，也就没有一个愿意等人的。

因为是阎胡子的船，非等不可。

"尿骚桶，喝尿骚，一等等到罗锅腰！"一个小伙子直挺挺地靠在桅杆上立着，说完了话，便光着脊背向下溜，直到坐在船板上，咧开大嘴在笑着。

忽然，一个人，满头大汗的，背着个小包，也没打招呼，踏上了五寸宽那条小踏板，过跳上船来了。

"下去，下去！上水船，不让客！"

"老乡……"

"下去，下去，上水船，不让客！"

"让一让吧，我帮着你们打船。"

"这可不是打野鸭子呀，下去！"水手看看上来的是一个灰色的兵。

"老乡……"

"是，老乡，上水船，吃力气，这黄河又不同别的河……撑篙一下去就是一身汗。"

"老乡们！我不是白坐船，当兵的还怕出力气吗！我是过河去赶队伍的。天太早，摆渡的船哪里有呢！老乡，我早早过河赶路的……"他说着，就在洋面袋子上靠着身子，那近乎圆形的脸还有一点发光，那过于长的头发，在帽子下面像是帽子被镶了一道黑边。

"八路军怎么单人出发的呢？"

"我是因为老婆死啦，误了几天……所以着急要快赶的。"

"哈哈！老婆死啦还上前线。"于是许多笑声跳跃在绳索和撑篙之间。

水手们因为趣味的关系，互相的高声地骂着。同时准备着张帆，准备着脱离开河岸，把这兵士似乎是忘记了，也似乎允许了他的过渡。

"这老头子打酒在酒店里睡了一觉啦……你看他那个才睡醒的样子……腿好像是经石头绊住啦……"

"不对。你说的不对，石头就挂在他的脚跟上。"

那老头子的小酒壶像一块镜子，或是一片蛤蛎壳，闪烁在他的胸前。微微有点温暖的阳光，和黄河上常有缭乱而没有方向的风丝，在他的周围裹荡。于是他混着沙土的头发，跳荡得和干草似的失去了光彩。

"往上放罢！"

这是黄河上专有的名词，若想横渡，必得先上行，而后下行。因为河水没有正路的缘故。

阎胡子的脚板一踏上船身，那种安适、把握，丝毫其他的欲望可使他不宁静的，可能都不能够捉住他的。他只发了和号令似的这么一句话，而后笑纹就自由地在他皱纹不太多的眼角边舒展开来，而后他走下舵室去。那是一个黑黑的小屋，在船尾的舱里，里面像供着什么神位,一个小龛子前有两条红色的小对联。

"往上放罢!"

这声音,因为河上的冰排格凌凌地作响的反应,显得特别粗壮和苍老。

"这船上有坐闲船的,老阎,你没看见?"

"那得让他下去,多出一分力量可不是闹着玩的……在哪地方?他在哪地方?"

那灰色的兵士,他向着阳光微笑:

"在这里,在这里……"他手中拿着撑船的长篙站在船头上。

"去,去去……"阎胡子从舱里伸出一只手来,"去去去……快下去……快下去……你是官兵,是保卫国家的,可是这河上也不是没有兵船。"

阎胡子是山东人,十多年以前,因为黄河涨大水逃到关东,又逃到山西的。所以山东人的火性和粗鲁,还在他身上常常出现。

"你是哪个军队上的?"

"我是八路的。"

"八路的兵,是单个出发的吗?"

"我的老婆生病,她死啦……我是过河去赶队伍的。"

"唔!"阎胡子的小酒壶还捏在左手上。

"那么你是山西的游击队啦……是不是?"阎胡子把酒放下了。

在那士兵安然的回答着的时候,那船板上完全流动着笑声,并且分不清楚那笑声是恶意的还是善意的。

"老婆死啦还打仗!这年头……"

阎胡子走上船板来:

"你们,你们这些东西!七嘴八舌头,赶快开船吧!"他亲手把一只面粉口袋抬起来,他说那放的不是地方,"你们可不知道,这面粉本来三十斤,因为放的不是地方,它会让你费上六十斤的力量。"他把手遮在额前,向着东方照了一下:

"天不早啦,该开船啦。"

于是撑起花色的帆来。那帆像翡翠鸟的翅子,像蓝蝴蝶的翅子。

水流和绳子似的在撑篙之间扭绞着。在船板上来回跑着的水手们,把汗珠被风扫成碎沫而掠着河面。

阎胡子的船和别的运着军粮的船遥远的相距着,尾巴似的这只孤船,系在那排成队的十几只船的最后。

黄河的土层是那么原始的,单纯的,干枯的,完全缺乏光彩站在两岸。正和阎胡子那没有光彩的胡子一样,土层是被河水,风沙和年代所造成,而阎胡子那没有光彩的胡子,则是受这风沙的迷漫的缘故。

"你是八路的……可是你的部队在山西的哪一方面？俺家就在山西。"

"老乡，听你说话是山东口音。过来多年啦？"

"没多少年，十几年……俺家那边就是游击队保卫着……都是八路的，都是八路的……"阎胡子把棕色的酒杯在嘴唇上湿润了一下，嘴唇不断地发着光。他的喝酒，像是并没有走进喉咙去，完全和一种形式一样。但是他不断地浸染着他的嘴唇。那嘴唇在说话的时候，好像两块小锡片在跳动着：

"都是八路的……俺家那方面都是八路的……"

他的胡子和春天快要脱落的牛毛似的疏散和松放。他的红的近乎赭色的脸像是用泥土塑成的，又像是在窑里边被烧炼过，显着结实，坚硬。阎胡子像是已经变成了陶器。

"八路上的……"他招呼着那兵士，"你放下那撑篙吧，我看你不会撑，白费力气……这边来坐坐，喝一碗茶，……"方才他说过的那些去去去……现在变成来来来了："你来吧，这河的水性特别，与众不同，……你是白费气力，多你一个人坐船不算么！"

船行到了河心，冰排从上边流下来的声音好像古琴在骚闹着似的。阎胡子坐在舱里佛龛旁边，舵柄虽然拿在他的手中，而他留意的并不是这河上的买卖，而是"家"的回念。直到水手们提醒他船已走上了急流,他才把他关于家的谈话放下。但是没多久,又零零乱乱地继续下去……

"赵城,赵城俺住了八年啦!你说那地方要紧不要紧?去年冬天太原下来之后,说是临汾也不行了……赵城也更不行啦……说是非到风陵渡不可……这时候……就有赵城的老乡去当兵的……还有一个邻居姓王的。那小伙子跟着八路军游击队去当伙夫去啦……八路军不就是你们这一路的吗?……那小伙子我还见着他来的呢!胳臂上挂着'八路'两个字。后来又听说他也跟着出发到别的地方去了呢!……可是你说……赵城要紧不要紧?俺倒没有别的牵挂,就是俺那孩子太小,带他到河上来吧,他又太小,不能做什么……跟他娘在家吧……又怕日本兵来到杀了他。这过河逃难的整天有,俺这船就是载面粉过来,再载着难民回去……看看那哭哭啼啼的老的、小的……真是除了去当兵,干什么都没有心思!"

"老乡!在赵城你算是安家立业的人啦,那么也一定有二亩地啦?"兵士面前的茶杯在冒着气。

"哪能够说到房子和地,跑了这些年还是穷跑腿……所好的就是没把老婆孩子跑去。"

"那么山东家还有双亲吗?"

"哪里有啦?都给黄河水卷去啦!"阎胡子擦了一下自己的胡子,

把他旁边的酒杯放在酒壶口上,他对着舱口说:

"你见过黄河的大水吗?那是民国几年……那就铺天盖地的来了!白亮亮的,哗哗地……和野牛那么叫着……山东那黄河可不比这潼关……几百里,几十里一漫平。黄河一至潼关就没有气力啦……看这山……这大土崖子……就是妄想要铺天盖地又怎能……可是山东就不行啦!……你家是哪里?你到过山东?"

"我没到过,我家就是山西……洪洞……"

"家里还有什么人?咱两家是不远的……喝茶,喝茶……呵……呵……"老头子为着高兴,大声地向着河水吐了一口痰。

"我这回要赶的部队就是在赵城……洪洞的家也都搬过河来了……"

"你去的就是赵城,好!那么……"他从舵柄探出船外的那个孔道口出去……河简直就是黄色的泥浆,滚着,翻着……绞绕着……舵就在这浊流上打击着。

"好!那么……"他站起来摇着舵柄,船就快靠岸了。

这一次渡河,阎胡子觉得渡得太快。他擦一擦眼睛,看一看对面的土层,是否来到了河岸?

"好,那么。"他想让那兵士给他的家带一个信回去,但又觉得没有什么可说的。

他们走下船来，沿着河身旁的沙地向着太阳的方向进发。无数条的光的反刺，击撞着阎胡子古铜色的脸面。他的宽大的近乎方形的脚掌，把沙滩印着一些圆圆洼陷。

"你说赵城可不要紧？我本想让你带一个回信去……等到饭馆喝两盅，咱二人谈谈说说……"

风陵渡车站附近，层层转转的是一些板棚或席棚，里边冒着气，响着勺子，还有一种油香夹杂着一种咸味在那地方缭绕着。

一盘炒豆腐，一壶四两酒，蹲在阎胡子的桌面上。

"你要吃什么，你只管吃……俺在这河上多少总比你们当兵的多赚两个……你只管吃……来一碗片汤，再加半斤锅饼……先吃着，不够再来。……"

风沙的卷荡在太阳高了起来的时候，是要加甚的。席棚子像有笤帚在扫着似的，嚓嚓地在凸出凹进的响着。

阎胡子的话，和一串珠子似的咯啦咯啦地被玩弄着，大风只在席棚子间旋转，并没有把阎胡子的故事给穿着。

"……黄河的大水一来到俺山东那地方，就像几十万大军已经到了……连小孩子夜晚吵着不睡的时候，你若说'来大水啦！'他就安静一刻。用大水吓唬孩子，就像用老虎一样使他们害怕。在一黑沉沉的夜里，大水可真的来啦；爷和娘站在房顶上，爷说'……怕不要紧，我活四十多岁，大水也来过几次，并没有卷去什么'，我和姐姐拉着娘的手……第一声我听着叫的是猪，许是那猪快到要命的时候啦，哽哽的……以后就是狗，狗跳到柴堆上……在那上头叫着……再以后就是鸡……它们那些东西乱飞着……柴堆上，墙头上，狗栏子上……反正看不见，都听得见的……别人家的也是一样，还有孩子哭，大人骂。只有鸭子，那一夜到天明也没有休息一会，比平常不涨大水的时候还高兴……鸭子不怕大水，狗也不怕，可是狗到第二天就瘦啦，……也不愿睁眼睛啦……鸭子正不一样，胖啦！新鲜啦！……呱呱的叫声更大了！可是爹爹那天晚上就死啦，娘也许是第二天死的……"

阎胡子从席棚通过了那在锅底上乱响着的炒菜的勺子而看到黄河上去。

"这边，这河并不凶。"他喝了一盅酒，筷子在辣椒酱的小碟里点了一下。他脸上的筋肉好像棕色的浮雕，经过了陶器的制作那么坚硬，那么没有变动。

"小孩子的时候，就听人家说，离开这河远一点吧！去跑关东吧（即东三省）！一直到第二次的大水……那时候，我已经二十六岁……也成了家……听人说，关东是块福地，俺山东人跑关东的年年有，俺就带着老婆跑到关东去……关东俺有三间房，两三亩地……关东又变成了'满洲国'。赵城俺本有一个叔叔，打一封信给俺。他说那边，日本人慢慢地都想法子把中国人治死，还说先治死这些穷人。依着我就不怕，可是俺老婆说俺们还有孩子啦，因此就跑到俺叔叔这里来，俺叔叔做个小买卖，俺就在叔叔家帮着照料照料……慢慢地活转几个钱，租两亩地种种……俺还有个儿，俺儿一年一年的，眼看着长成人啦！这几个钱没有活转着，俺叔要回山东，把小买卖也收拾啦，剩下俺一个人，这心里头可就转了圈子……山西原来和山东一样，人们也只有跑关东……要想在此地谋个生活，就好比苍蝇落在针尖上，俺山东人体性粗，这山西人体性慢……干啥事干不惯……"

"俺想，赵城可还离火线两三百里，许是不要紧……"他向着兵士，"咱中国的局面怎么样？听说日本人要夺风陵渡……俺在山西没有别的东西，就是这一只破船……"

兵士站起来，挂上他的洋瓷碗。油亮的发着光的嘴唇点燃着一支香烟，那有点胖的手骨节凹着小坑的手，又在整理着他的背包。黑色的裤子，灰色的上衣衣襟上涂着油迹和灰尘。但他脸上的表情是开展的，愉快的，平坦和希望的。他讲话的声音并不高朗，温和而宽弛，就像他在草原上生长起来的一样：

"我要赶路的，老乡！要给你家带个信吗？"

"带个信……"阎胡子感到一阵忙乱,这忙乱是从他的心底出发的。带什么呢?这河上没有什么可告诉的。"带一个口信说……"好像这饭铺炒菜的勺子又搅乱了他。"你坐下等一等,俺想一想……"

他的头垂在他的一只手上,好像已经成熟了的轻茎莲垂下头来一样。席棚子被风吸着,凹进凸出的好像一大张海蜇飘在海面上。勺子声,菜刀声,被洗着的碗的声音,前前后后响着鞭子声。小驴车,马车和骡子车,拖拖搭搭地载着军火或食粮来往着。车轮带起来的飞沙并不狂猖,而那狂猖的,是跟着黄河而来的,在空中它漫卷着太阳和蓝天,在地面它则漫卷着沙尘和黄土,漫卷着所有黄河地带生长着的一切,以及死亡的一切。

潼关,背着太阳的方向站着,因为土层起伏高下,看起来,那是微黑的一大群,像是烟雾停止了,又像黑云下降,又像一大群兽类堆集着蹲伏下来。那些巨兽,并没有毛皮,并没有面貌,只像是读了埃及大沙漠的故事之后,偶尔出现在夏夜的梦中的一个可怕的记忆。

风陵渡侧面向着太阳站着,所以土层的颜色有些微黄,及有些发灰,总之有一种相同在病中那种苍白的感觉。看上去,干涩,无光,无论如何不能把它制伏的那种念头,会立刻压住了你。

站在长城上会使人感到一种恐惧,那恐惧是人类历史的血流又鼓荡起来了！而站在黄河边上所起的并不是恐惧，而是对人类的一种默泣，对于病痛和荒凉永远的诅咒。

同蒲路的火车，好像几匹还没有睡醒的小蛇似的慢慢地来了一串，又慢慢地去了一串。那兵士站起来向阎胡子说：

"我就要赶火车去……你慢慢地喝吧……再会啦……"

阎胡子把酒杯又倒满了，他看着杯子底上有些泥土，他想，这应该倒掉而不应该喝下去。但当他说完了给他带一个家信，就说他在这河上还好的时候，他忘记了那杯酒是不想喝的也就走下喉咙去了。同时他赶快撕了一块锅饼放在嘴里，喉咙像是有什么东西在胀塞着，有些发痛。于是，他就抚弄着那块锅饼上突起的花纹，那花纹是画的"八卦"。他还识出了哪是"乾卦"，哪是"坤卦"。

奔向同蒲站的兵士，听到背后有呼唤他的声音：

"站住……站住……"

他回头看时，那老头好像一只小熊似的奔在沙滩上：

"我问你，是不是中国这回打胜仗，老百姓就得好日子过啦？"

八路的兵士走回来，好像是沉思了一会，而后拍着那老头的肩膀：

"是的，我们这回必胜……老百姓一定有好日子过的。"

那兵士都模糊得像画面上的粗壮的小人一样了，可是阎胡子仍

· 106 ·

旧在沙滩上站着。

阎胡子的两脚深深地陷进沙滩去,那圆圆的涡旋埋没了他的两脚了。

1938. 8. 6,汉口

后 花 园

后花园五月里就开花的,六月里就结果子,黄瓜、茄子、玉蜀黍、大芸豆、冬瓜、西瓜、西红柿,还有爬着蔓子的倭瓜。这倭瓜身往往会爬到墙头上去,而后从墙头它出去了,出到院子外边去了。就向着大街,这倭瓜蔓上开了一朵大黄花。

正临着这热闹闹的后花园,有一座冷清清的黑洞洞的磨房,磨房的后窗子就向着花园。刚巧沿着窗外的一排种的是黄瓜。这黄瓜虽然不是倭瓜,但同样会爬蔓子的,于是就在磨房的窗棂上开了花,而且巧妙的结了果子。

在朝露里,那样嫩弱的须蔓的梢头,好像淡绿色的玻璃抽成的,不敢去触,一触非断不可的样子。同时一边结着果,一边攀着窗棂往高处伸张,好像它们彼此学着样,一个跟一个都爬上窗子来了。

到六月，窗子就被封满了，而且就在窗棂上挂着滴里嘟噜的大黄瓜、小黄瓜；瘦黄瓜、胖黄瓜，还有最小的小黄瓜纽儿，头顶上还正在顶着一朵黄花还没有落呢。

于是随着磨房里打着铜筛罗的震抖，而这些黄瓜也就在窗子上摇摆起来了。铜罗在磨夫的脚下，东踏一下它就"咚"，西踏一下它就"咚"；这些黄瓜也就在窗子上滴里嘟噜的跟着东边"咚"，西边"咚"。

六月里，后花园更热闹起来了，蝴蝶飞，蜻蜓飞，螳螂跳，蚂蚱跳。大红的外国柿子都红了，茄子青的青、紫的紫，溜明湛亮，又肥又胖，每一棵茄秧上结着三四个、四五个。玉蜀黍的缨子刚刚才出芽，就各色不同，好比女人绣花的丝线夹子打开了，红的绿的，深的浅的，干净得过分了，简直不知道它为什么那样干净，不知怎样它才那样干净的，不知怎样才做到那样的，或者说它是刚刚用水洗过，或者说它是用膏油涂过。但是又都不像，那简直是干净得连手都没有上过。

然而这样漂亮的缨子并不发出什么香气，所以蜂子、蝴蝶永久不在它上边搔一搔，或是吮一吮。

却是那些蝴蝶乱纷纷的在那些正开着的花上闹着。

后花园沿着主人住房的一方面，种着一大片花草。因为这园主并非怎样精细的人,而是一位厚墩墩的老头。所以他的花园多半变成菜园了。其作种花的部分,也没有什么好花,比如马蛇菜、爬山虎、胭粉豆、小龙豆……这都是些草本植物,没有什么高贵的。到冬天就都埋在大雪里边,它们就都死去了。春天打扫干净了这个地盘,再重种起来。有的甚或不用下种,它就自己出来了,好比大菽茨,那就是每年也不用种,它就自己出来的。

它自己的种子,今年落在地上没有人去拾它,明年它就出来了;明年落了子,又没有人去采它,它就又自己出来了。

这样年年代代,这花园无处不长着大花。墙根上,花架边,人行道的两旁,有的竟长在倭瓜或黄瓜一块去了。那讨厌的倭瓜的丝蔓竟缠绕在它的身上,缠得多了,把它拉倒了。

可是它就倒在地上仍旧开着花。

铲地的人一遇到它,总是把它拔了,可是越拔它越生得快,那第一班开过的花子落下,落在地上,不久它就生出新的来。所以铲也铲不尽,拔也拔不尽,简直成了一种讨厌的东西了。还有那些被倭瓜缠住了的,若想拔它,把倭瓜也拔掉了,所以只得让它横躺竖卧的在地上,也不能不开花。

长得非常之高,五六尺高,和玉蜀黍差不多一般高,比人还高了一点,红辣辣地开满了一片。

人们并不把它当作花看待，要折就折，要断就断，要连根拔也都随便。到这园子里来玩的孩子随便折了一堆去，女人折了插满了一头。

这花园从园主一直到来游园的人，没有一个人是爱护这花的。这些花从来不浇水，任着风吹，任着太阳晒，可是却越开越红，越开越旺盛，把园子喧耀得闪眼，把六月夸奖得和水滚着那么热。

胭粉豆、金荷叶、马蛇菜都开得像火一般。

其中尤其是马蛇菜，红得鲜明晃眼，红得它自己随时要破裂流下红色汁液来。

从磨房看这园子，这园子更不知鲜明了多少倍，简直是金属的了，简直像在火里边烧着那么热烈。

可是磨房里的磨倌是寂寞的。

他终天没有朋友来访他，他也不去访别人，他记忆中的那些生活也模糊下去了，新的一样也没有。他三十多岁了，尚未结过婚，可是他的头发白了许多，牙齿脱落了好几个，看起来像是个青年的老头。阴天下雨，他不晓得；春夏秋冬，在他都是一样。和他同院的住些什么人，他不去留心；他的邻居和他住得很久了，他没有记得；住的是什么人，他没有记得。

他什么都忘了，他什么都记不得，因为他觉得没有一件事情是新鲜的。人间在他是全呆板的了。他只知道他自己是个磨倌,磨倌就是拉磨,拉磨之外的事情都与他毫无关系。

所以邻家的女儿,他好像没有见过;见过是见过的,因为他没有印象,就像没见过差不多。

磨房里,一匹小驴子围着一盘青白的圆石转着。磨道下面,被驴子经年地踢踏,已经陷下去一圈小洼槽。小驴的眼睛是戴了眼罩的,所以它什么也看不见,只是绕着圈瞎走。嘴上也给戴上了笼头,怕它偷吃磨盘上的麦子。

小驴知道,一上了磨道就该开始转了,所以走起来一声不响,两个耳朵尖尖的竖得笔直。

磨倌坐在罗架上,身子有点向前探着。他的面前竖了一个木架,架上横着一个用木做成的乐器,那乐器的名字叫:"梆子"。

每一个磨倌都用一个,也就是每一个磨房都有一个。旧的磨倌走了,新的磨倌来了,仍然打着原来的梆子。梆子渐渐变成个元宝的形状,两端高而中间陷下,所发出来的音响也就不好听了,不响亮,不脆快,而且"踏踏"的沉闷的调子。

冯二成的梆子正是已经旧了的。他自己说:

"这梆子有什么用?打在这梆子上就像打在老牛身上一样。"

他尽管如此说,梆子他仍旧是打的。

磨眼上的麦子没有了，他去添一添。从磨漏下来的麦粉满了一磨盘，他过去扫了扫。小驴的眼罩松了，他替它紧一紧。若是麦粉磨得太多了，应该上风车子了，他就把风车添满，摇着风车的大手轮，吹了起来，把麦皮都从风车的后部吹了出去。那风车是很大的，好像大象那么大。尤其是当那手轮摇起来的时候，呼呼的作响，麦皮混着冷风从洞口喷出来。这风车摇起来是很好看的，同时很好听。可是风车并不常吹，一天或两天才吹一次。

除了这一点点工作，冯二成子多半是站在罗架上，身子向前探着，他的左脚踏一下，右脚踏一下，罗底盖着罗床，那力量是很大的，连地皮都抖动了，和盖新房子时打地基的工夫差不多的，又沉重，又闷气，使人听了要睡觉的样子。

所有磨房里的设备都说过了，只不过还有一件东西没有说，那就是冯二成子的小炕了。那小炕没有什么好记载的。总之这磨房是简单、寂静、呆板。看那小驴竖着两个尖尖的耳朵，好像也不吃草也不喝水，只晓得拉磨的样子。冯二成子一看就看到小驴那两个直竖竖的耳朵，再看就看到墙下跑出的耗子，那滴溜溜亮的眼睛好像两盏小油灯似的。再看也看不见别的，仍旧是小驴的耳朵。

所以他不能不打梆子，从午间打起，一打打个通宵。

花儿和鸟儿睡着了，太阳回去了。大地变得清凉了好些。从后花园透进来的热气，凉爽爽的，风也不吹了，树也不摇了。

窗外虫子的鸣叫，远处狗的夜吠，和冯二成子的梆子混在一起，好像三种乐器似的。

磨房的小油灯忽咧咧的燃着（那油灯是刻在墙壁中间的，好像古墓里边站的长明灯似的），和有风吹着它似的。这磨房只有一扇窗子，还被挂满了黄瓜，把窗子遮得风雨不透。可是从哪里来的风？小驴也在响着鼻子抖擞着毛，好像小驴也着了寒了。

每天是如此：东方快启明的时候，朝露就先下来了，伴随着朝露而来的，是一种阴森森的冷气，这冷气冒着白烟似的沉重重的压到地面上来了。

落到屋瓦上，屋瓦从浅灰变到深灰色，落到茅屋上，那本来是浅黄的草，就变成深黄的了。因为露珠把它们打湿了，它们吸收了露珠的缘故。

惟有落到花上、草上、叶子上，那露珠是原形不变，并且由小聚大。大叶子上聚着大露珠，小叶子上聚着小露珠。

玉蜀黍的缨穗挂上了霜似的，毛茸茸的。

倭瓜花的中心抱着一颗大水晶球。

剑形草是又细又长的一种野草，这野草顶不住太大的露珠，所以它的周身都是一点点的小粒。

等到太阳一出来时，那亮晶晶的后花园无异于昨天洒了银水了。

冯二成子看一看墙上的灯碗，在灯芯上结了一个红橙橙的大灯花。他又伸手去摸一摸那生长在窗棂上的黄瓜，黄瓜跟水洗的一样。

他知道天快亮了，露水已经下来了。

这时候，正是人们睡得正熟的时候，而冯二成子就像更焕发了起来。他的梆子就更响了，他拼命地打，他用了全身力量，使那梆子响得爆豆似的。不但如此，那磨房唱了起来了，他大声急呼的。好像他是照着民间所流传的，他是招了鬼了。他有意要把远近的人家都惊动起来，他竟乱打起来，他不把梆子打断了，他不甘心停止似的。

有一天下雨了。

雨下得很大，青蛙跳进磨房来好几个。有些蛾子就不断地往小油灯上扑，扑了几下之后，被烧坏了翅膀就掉在油碗里溺死了，而且不久蛾子就把油灯碗给掉满了，所以油灯渐渐地不亮下去，几乎连小驴的耳朵都看不清楚。

冯二成子想要添些灯油，但是灯油在上房里，在主人的屋里。

他推开门一看，雨真是大得不得了，瓢泼的一样，而且上房里也怕是睡下了，灯光不很大，只是影影绰绰的。也许是因为下雨上了风窗的关系，才那样黑混混的。

——十步八步跑过去,拿了灯油就跑回来——冯二成子想。

但也是太大了,衣裳非都湿了不可;湿了衣裳不要紧,湿了鞋子可得什么时候干。

他推开房门看了好几次,也都是把房门关上,没有跑过去。

可是墙上的灯又一会一会的要灭了,小驴的耳朵简直看不见了。他又打开门向上房看看,上房灭了灯了,院子里什么也看不见,只有隔壁赵老太太那屋还亮通通的,窗里还有格格的笑声。

那笑的是赵老太太的女儿。冯二成子不知为什么心里好不平静,他赶快关了门,赶快去拨灯碗,赶快走到磨架上,开始很慌张地打动着筛罗。可是无论如何那窗里的笑声好像还在那儿笑响。

冯二成子打起梆子来,打了不几下,很自然地就会停住,又好像很愿意再听到那笑声似的。

——这可奇怪了,怎么像第一天那边住着人。——他自己想。

第二天早晨,雨过天晴了。

冯二成子在院子里晒他的那双湿得透透的鞋子时,偶一抬头看见了赵老太太的女儿,跟他站了个对面。冯二成子从来没和女人接近过,他赶快低下头去。

那邻家女儿是从井边来,提了满满的一桶水,走得非常慢。等她完全走过去了,冯二成子才抬起头来。

她那向日葵花似的大眼睛,似笑非笑的样子,冯二成子一想起来就无缘无故地心跳。

有一天,冯二成子用一个大盆在院子里洗他自己的衣裳,洗着洗着,一不小心,大盆从木凳滑落而打碎了。

赵老太太也在窗下缝着针线,连忙就喊她的女儿,把自家的大盆搬出来,借给他用。

冯二成子接过那大盆时,他连看都没看赵姑娘一眼,连抬头都没敢抬头,但是赵姑娘的眼睛像向日葵花那么大,在想象之中他比看见来得清晰。于是他的手好像抖着似的把大盆接过来了。他又重新打了点水,没有打很多的水,只打了一大盆底。

恍恍惚惚地衣裳也没有洗干净,他就晒起来了。

从那之后,他也并不常见赵姑娘,但他觉得好像天天见面的一样。尤其是到深夜,他常常听到隔壁的笑声。

有一天,他打了一夜梆子。天亮了,他的全身都酸了。他把小驴子解下来,拉到下过朝露的潮湿的院子里,看着那小驴打了几个滚,而后把小驴拴到槽子上去吃草。他也该是睡觉的时候了。

他刚躺下,就听到隔壁女孩的笑声,他赶快抓住被边把耳朵掩盖起来。

但那笑声仍旧在笑。

他翻了一个身,把背脊向着墙壁,可是仍旧不能睡。

他和那女孩相邻的住了两年多了。好像他听到她的笑还是最近的事情。他自己也奇怪起来。

那边虽是笑声停止了,但是又有别的声音了:刷锅,劈柴发火的声音,件件样样都听得清清晰晰。而后,吃早饭的声音他都感觉到了。

这一天,他实在睡不着,他躺在那里心中十分悲哀,他把这两年来的生活都回想了一遍……

刚来的那年,母亲来看过他一次。从乡下给他带来一筐子黄米豆包。母亲临走的时候还流了眼泪说:"孩儿,你在外边好好给东家做事,东家错待不了你的……你老娘这两年身子不大硬实。一旦有个一口气不来,只让你哥把老娘埋起来就算了事。人死如灯灭,你就是跑到家又能怎样!……可千万要听娘的话,人家拉磨,一天拉好多麦子,是一定的,耽误不得,可要记住老娘的话……"

那时,冯二成子已经三十六岁了,他仍很小似的,听了那话就哭了。他抬起头看看母亲,母亲确是瘦得厉害,而且也咳嗽得厉害。

"不要这样傻气,你老娘说是这样说,哪就真会离开了你们的。你和你哥哥都是三十多岁了,还没成家,你老娘还要看到你们……"

冯二成子想到"成家"两个字,脸红了一阵。

母亲回到乡下去，不久就死了。

他没有照着母亲的话做，他回去了，他和哥哥亲自送的葬。

是八月里辣椒红了的时候，送葬回来，沿路还摘了许多红辣椒，炒着吃了。

以后再想一想，就想不起什么来了。拉磨的小驴子仍旧是原来的小驴子。磨房也一点没有改变，风车也是和他刚来时一样，黑洞洞地站在那里，连个方向也没改换。筛罗子一踏起来它就"咚咚"响。他向筛罗子看了一眼，宛如他不踏它，它也在响的样子。

一切都习惯了，一切都照着老样子。他想来想去什么也没有变，什么也没有多，什么也没有少。这两年是怎样生活的呢？他自己也不知道，好像他没有活过的一样。他伸出自己的手来，看看也没有什么变化；捏一捏手指的骨节，骨节也是原来的样子，尖锐而突出。

他又回想到他更远的幼小的时候去，在沙滩上煎着小鱼，在河里脱光了衣裳洗澡；冬天堆了雪人，用绿豆给雪人做了眼睛，用红豆做了嘴唇；下雨的天气，妈妈打来了，就往水洼中跑……妈妈因此而打不着他。

再想又想不起什么来，这时候他昏昏沉沉地要睡了去。

刚要睡着，他又被惊醒了，好几次都是这样。也许是炕下的耗子，也许是院子里什么人说话。

但他每次睁开眼睛，都觉得是邻家女儿惊动了他。他在梦中羞怯怯地红了好几次脸。

从这以后，他早晨睡觉时，他先站在地中心听一听，邻家是否有了声音。若是有了声音，他就到院子里拿着一把马刷子刷那小驴。

但是巧得很，那女孩子一清早就到院子来走动，一会出来拿一捆柴，一会出来泼一瓢水。总之，他与她从这以后，好像天天相见。

这一天八月十五，冯二成子穿了崭新的衣裳，刚刚理过头发回来，上房就嚷着：

"喝酒了，喝酒啦……"

因为过节是和东家同桌吃的饭，什么腊肉，什么松花蛋，样样皆有。其中下酒最好的要算凉拌粉皮，粉皮里外加着一束黄瓜丝，还有辣椒油洒在上面。

冯二成子喝足了酒，退出来了，连饭也没有吃，他打算到磨房去睡一觉。常年也不喝酒，喝了酒头有些昏。他从上房走出来，走到院子里碰到了赵老太太，她手里拿着一包月饼，正要到亲戚家去。她一见了冯二成子，她连忙喊着女儿说：

"你快拿月饼给老冯吃。过节了，在外边的跑腿人，不要客气。"

说完了，赵老太太就走了。

冯二成子接过月饼在手里，他看那姑娘满身都穿了新衣裳，脸上涂着胭脂和香粉。因为他怕难为情,他想说一声谢谢也没说出来,回身就进了磨房。

磨房比平日更冷清了,小驴也没有拉磨,磨盘上供着一块黄色的牌位,上面写着"白虎神之位",燃了两根红蜡烛,烧着三炷香。

冯二成子迷迷昏昏地吃完月饼,靠着罗架站着,眼睛望着窗外的花园。他一无所思的往外看着,正这时又有了女人的笑声,并且这笑声是熟悉的,但不知这笑声是从哪方面来的,后花园还是隔壁?

他一回身,就看见了邻家的女儿站在大开着的门口。

她的嘴是红的,她的眼睛是黑的,她的周身发着光辉,带着吸力。

他怕了,低了头不敢再看。

那姑娘自言自语地说:

"这儿还供着白虎神呢!"

说着,她的一个小同伴招呼着她就跑了。

冯二成子几乎要昏倒了,他坚持着自己,他睁大了眼睛,看一看自己的周遭,看一看是否在做梦。

这哪里是在做梦,小驴站在院子里吃草,上房还没有喝完酒的划拳的吵闹声仍还没有完结。他站到磨房外边,向着远处都看了一遍。远处的人家,有的在树林中,有的在白云中露着屋角,而附近的人家，就是同院子住着的也都恬静的在节日里边升腾着一种看不见的欢喜，流荡着一种听不见的笑声。

但冯二成子看着什么都是空虚的。寂寞的秋空的游丝，飞了他满脸，挂住了他的鼻子，绕住了他的头发。他用手把游丝揉擦断了，他还是往前看去。

他的眼睛充满了亮晶晶的眼泪，他的心中起了一阵莫名其妙的悲哀。

他羡慕在他左右跳着的活泼的麻雀，他妒恨房脊上咕咕叫的悠闲的鸽子。

他的感情软弱得像要瘫了的蜡烛似的。他心里想：鸽子你为什么叫？叫得人心慌！你不能不叫吗？游丝你为什么绕了我满脸？你多可恨！

恍恍惚惚他又听到那女孩子的笑声。

而且和闪电一般，那女孩子来到他的面前了，从他面前跑过去了，一转眼跑得无影无踪的。

冯二成子仿佛被卷在旋风里似的，迷迷离离的被卷了半天，而后旋风把他丢弃了。旋风自己跑去了，他仍旧是站在磨房外边。

从这以后，可怜的冯二成子害了相思病，脸色灰白，眼圈发紫，茶也不想吃，饭也咽不下，他一心一意地想着那邻家的姑娘。

读者们，你们读到这里，一定以为那磨房里的磨倌必得要和邻家女儿发生一点关系。其实不然的。后来是另外的一位寡妇。

世界上竟有这样谦卑的人，他爱了她，他又怕自己的身份太低，怕毁坏了她。他偷着对她寄托一种心思，好像他在信仰一种宗教一样。邻家女儿根本不晓得有这么一回事。

不久，邻家女儿来了说媒的，不久那女儿就出嫁去了。

婆家来娶新媳妇的那天，抬着花轿子，打着锣鼓，吹着喇叭，就在磨房的窗外，连吹带打的热闹了起来。

冯二成子伏在梆子上，他闭了眼睛，他一动也不动。

那边姑娘穿了大红的衣裳，搽了胭脂粉，满手抓着铜钱，被人抱上了轿子。放了一阵炮仗，敲了一阵铜锣，抬起轿子来走了。

走得很远很远了，走出了街去，那打锣声只能丝丝拉拉听到一点。

冯二成子仍旧没有把头抬起，一直到那轿子走出几里路之外，就连被娶亲惊醒了的狗叫也都平静下去时，他才抬起头来。

那小驴蒙着眼罩静静地一圈一圈地在拉着空磨。

他看一看磨眼上一点麦子也没有了，白花花的麦粉流了满地。

那女儿出嫁以后，冯二成子常常和老太太攀谈，有的时候还到老太太的房里坐一坐。他不知为什么总把那老太太当作一位近亲来看待，早晚相见时，总是彼此笑笑。

这样也就算了，他觉得那女儿出嫁了反而随便了些。

可是这样过了没多久，赵老太太也要搬家了，搬到女儿家去。

冯二成子帮着去收拾东西。在他收拾着东西时，他看见针线篓里有一个细小的白骨顶针。他想：这可不是她的？那姑娘又活跃跃地来到他的眼前。他看见了好几样东西，都是那姑娘的。刺花的围裙卷放在小柜门里，一团扎过了的红头绳子洗得干干净净的，用一块纸包着。他在许多乱东西里拾到这纸包，他打开一看，他问赵老太太，这头绳要放在哪里？老太太说：

"放在小梳头匣子里吧，我好给她带去。"

冯二成子打开了小梳头匣，他看见几根扣发针和一个假烧蓝翠的戒指仍放在里边。他嗅到一种梳头油的香气，他想这一定是那姑娘的，他把梳头匣关了。

他帮着老太太把东西收拾好，装上了车，还牵着拉车的大黑骡子上前去送了一程。

送到郊外，迎面的菜花都开了，满野飘着香气。老太太催他回来，他说他再送一程。他好像对着旷野要高歌的样子，他的胸怀像飞鸟似的张着，他面向着前面，放着大步，好像他一去就不回来的样子。

可是冯二成子回来的时候，太阳还正响午。虽然是秋天了，没有夏天那么鲜艳，但是到处飘着香气。高粱成熟了，大豆黄了秧子，野地上仍旧是红的红，绿的绿。冯二成子沿着原路往回走。走了一程，他还转回身去，向着赵老太太走去的远方望一望。但是连一点影子也看不见了。

蓝天凝结得那么严酷，连一些皱折也没有，简直像是用蓝色纸剪成的。他用了他所有的目力，探究着蓝色的天边外，是否还存在着一点点黑点，若是还有一个黑点，那就是赵老太太的车子了。可是连一个黑点也没有，实在是没有的，只有一条白亮亮的大路，向着蓝天那边爬去，爬到蓝天的尽头，这大路只剩了窄狭的一条。

赵老太太这一去什么时候再能够见到，没有和她约定时间，也没有和她约定地方。他想顺着大路跑去，跑到赵老太太的车子前面，拉住大黑骡子，他要向她说：

"不要忘记了你的邻居，上城里来的时候可来看我一次。"

但是车子一点影也没有了，追也追不上了。

他转回身来，仍走他的归途，他觉得这回来的路，比去的时候不知远了多少倍。

他不知为什么这次送赵老太太，比送他自己的亲娘更难过。他想：人活着为什么要分别？既然永远分别，当初又何必认识！人与人之间又是谁给造了这个机会？既然造了机会，又是谁把机会给取消了？

他越走他的脚越沉重，他的心越空虚，就在一个有树荫的地方坐下来。他往四方左右望一望，他望到的，都是在劳动着的，都是在活着，赶车的赶车，拉马的拉马，割高粱的人，满头流着大汗。还有的手被高粱秆扎破了，或是脚被扎破了，还浸浸地泌着血，而仍是不停地在割。他看了一看，他不能明白，这都是在做什么；他不明白，这都是为着什么。他想：你们那些手拿着的，脚踏着的，到了终归，你们是什么也没有的。你们没有了母亲，你们的父亲早早死了，你们该娶的时候，娶不到你们所想的；你们到老的时候，看不到你们的子女成人，你们就先累死了。

冯二成子看一看自己的鞋子掉底了，于是脱下鞋子用手提鞋子，站起来光着脚走，他越走越奇怪，本来是往回走，可是心越走越往远处飞。究竟飞到哪里去了，他自己也把捉不定。总之，他越往回走，他就越觉得空虚。路上他遇上一些推手车的，挑担的，他都用了奇怪的眼光看了他们一下：

你们是什么也不知道，你们只知道为你们的老婆孩子当一辈子牛马，你们都白活了，你们自己还不知道。你们要吃的吃不到嘴，要穿的穿不上身，你们为了什么活着，活得那么起劲！

他看见几个卖豆腐脑的，搭着白布篷，篷下站着好几个人在吃。

有的争着要多加点酱油,而那卖豆腐脑的偏偏给他加上几粒盐。卖豆腐脑的说酱油太贵,多加要赔本的。于是为着点酱油争吵了起来。冯二成子老远的就听他们在嚷嚷。他用斜眼看了那卖豆腐脑的:

你这个小气人,你为什么那么苛刻?你都是为了老婆孩子!你要白白活这一辈子,你省吃俭用,到头你还不是个穷鬼!

冯二成子这一路上所看到的几乎完全是这一类人。

他用各种眼光批评了他们。

他走了一会,转回身去看看远方,并且站着等了一会,好像远方会有什么东西自动向他飞来,又好像远方有谁在招呼着他。他几次三番地这样停下来,好像他侧着耳朵细听。但只有雀子的叫声从他头上飞过,其余没有别的了。

他又转身向回走,但走得非常迟缓,像走在荆蓁的草中。仿佛他走一步,被那荆蓁拉住过一次。

终于他全然没有了气力,全身和头脑。他找到一片小树林,他在那里伏在地上哭了一袋烟的工夫。他的眼泪落了一满树根。

他回想着那姑娘束了花围裙的样子,那走路的全身愉快的样子。他再想那姑娘是什么时候搬来的,他连一点印象也没有记住,他后悔他为什么不早点发现她,她的眼睛看过他两三次,他虽不敢直视过去,但他感觉得到,那眼睛是深黑的,含着无限情意的。他想到了那天早晨他与她站了个对面,那眼睛是多么大!那眼光是直逼他而来的。他一想到这里,他恨不得站起来扑过去。但是现在都完了,都去得无声无息的那么远了,也一点痕迹没有留下,也永久不会重来了。

这样广茫茫的人间,让他走到哪方面去呢?是谁让人如此,把人生下来,并不领给他一条路子,就不管他了。

黄昏的时候,他从地面上抓了两把泥土,他昏昏沉沉地站起来,仍旧得走着他的归路。

他好像失了魂魄的样子,回到了磨房。

看一看罗架好好的在那儿站着,磨盘好好的在那儿放着,一切都没有变动。吹来的风依旧是凉爽的。从风车吹出来的麦皮仍旧在大篓子里盛着,他抓起一把放在手心上擦了擦,这都是昨天磨的麦子,昨天和今天是一点也没有变。他拿了刷子刷了一下磨盘,残余的麦粉冒了一阵白烟。这一切都和昨天一样,什么也没有变。耗子的眼睛仍旧是很亮很亮的跑来跑去。后花园静静的和往日里一样的没有声音。上房里,东家的太太抱着孙儿和邻居讲话,讲得仍旧和往常一样热闹。担水的往来在井边,有谈有笑的放着大步往来的跑,绞着井绳的转车咯啦咯啦的大大方方的响着。一切都是快乐的,有意思的。就连站在槽子那里的小驴,一看冯二成子回来了,也表示欢迎似的张开大嘴来叫了几声。冯二成子走上前去，摸一摸小驴的耳朵，而后从草包取一点草散在槽子里，而后又领着那小驴到井边去饮水。

他打算再工作起来，把小驴仍旧架到磨上，而他自己还是愿意鼓动着勇气打起梆子来。但是未能做到，他好像丢了什么似的，好像是被人家抢去了什么似的。

他没有拉磨，他走到街上来荡了半夜，二更之后，街上的人稀疏了，都回家去睡觉去了。

他经过靠着缝衣裳来过活的老王那里，看她的灯还未灭，他想进去歇一歇脚也是好的。

老王是一个三十多岁的寡妇，因为生活的忧心，头发白了一半了。

她听了是冯二成子来叫门，就放下了手里的针线来给他开门了。还没等他坐下，她就把缝好的冯二成子的蓝单衫取出来了，并且说着：

"我这两天就想要给你送去，为着这两天活计多，多做一件，多赚几个，还让你自家来拿……"

她抬头一看冯二成子的脸色是那么冷落，她忙着问：

"你是从街上来的吗？是从哪儿来的？"

一边说着一边就让冯二成子坐下。

他不肯坐下,打算立刻就要走,可是老王说:

"有什么不痛快的?跑腿子在外的人,要舒心坦意。"

冯二成子还是没有响。

老王跑出去给冯二成子买了些烧饼来,那烧饼还是又脆又热的,还买了酱肉。老王手里有钱时,常常自己喝一点酒,今天也买了酒来。

酒喝到三更,王寡妇说:

"人活着就是这么的,有孩子的为孩子忙,有老婆的为老婆忙,反正做一辈子牛马。年轻的时候,谁还不是像一棵小树似的,盼着自己往大了长,好像有多少黄金在前边等着。可是没有几年,体力也消耗完了,头发黑的黑,白的白……"

她给他再斟一盅酒。

她斟酒时,冯二成子看她满手都是筋络,苍老得好像大麻的叶子一样。

但是她说的话,他觉得那是对的,于是他把那盅酒举起来就喝了。

冯二成子也把近日的心情告诉了她。他说他对什么都是烦躁的,对什么都没有耐性了。他所说的,她都理解得很好,接着他的话,她所发的议论也和他的一样。

喝过三更以后,冯二成子也该回去了。他站起来,抖擞一下他的前襟,他的感情宁静多了,他也清晰得多了,和落过雨后又复见了太阳似的,他还拿起老王在缝着的衣裳看看,问她一件夹袄的手工多少钱。

老王说:"那好说,那好说,有夹袄尽管拿来做吧。"

说着,她就拿起一个烧饼,把剩下的酱肉通通夹在烧饼里,让冯二成子带着:

"过了半夜,酒要往上返的,吃下去压一压酒。"

冯二成子百般的没有要,开了门,出来了,满天都是星光;中秋以后的风,也有些凉了。

"是个月黑头夜,可怎么走!我这儿也没有灯笼……"

冯二成子说:"不要,不要!"就走出来了。

在这时,有一条狗往屋里钻,老王骂着那狗:

"还没有到冬天,你就怕冷了,你就往屋里钻!"

因为是夜深了的缘故,这声音很响。

冯二成子看一看附近的人家都睡了。王寡妇也在他的背后闩上了门,适才从门口流出来的那道灯光,在闩门的声音里边,又被收了回去。

冯二成子一边看着天空的北斗星，一边来到小土坡前。那小土坡上长着不少野草，脚踏在上边，绒绒乎乎的。于是他蹲了双腿，试着用指尖搔一搔，是否这地方可以坐一下。

他坐在那里非常宁静，前前后后的事情，他都忘得干干净净，他心里边没有什么骚扰，什么也没有想，好像什么也想不起来了。晌午他送赵老太太走的那回事，似乎是多少年前的事情。现在他觉得人间并没有许多人，所以彼此没有什么妨害，他的心境自由得多了，也宽舒得多了，任着夜风吹着他的衣襟和裤脚。

他看一看远近的人家，差不多都睡觉了，尤其是老王的那一排房子，通通睡了，只有王寡妇的窗子还透着灯光。他看了一会，他又把眼睛转到另外的方向去，有的透着灯光的窗子，眼睛看着看着，窗子忽然就黑了一个，忽然又黑了一个，屋子灭掉了灯，竟好像沉到深渊里边去的样子，立刻消灭了。

而老王的窗子仍旧是亮的，她的四周都黑了，都不存在了，那就更显得她单独的停在那里。

"她还没有睡呢！"他想。

她怎么还不睡？他似乎这样想了下。是否他还要回到她那边去，他心里很犹疑。

等他不自觉的又回老王的窗下时，他终于敲了她的门。里边应着的声音并没有惊奇,开了门让他进去。

这夜,冯二成子就在王寡妇家里结了婚了。

他并不像世界上所有的人结婚那样:也不跳舞,也不招待宾客,也不到礼拜堂去。而也并不像邻家姑娘那样打着铜锣,敲着大鼓。但是他们庄严得很,因为百感交集,彼此哭了一遍。

第二年夏天,后花园里的花草又是那么热闹,倭瓜淘气地爬上了树了,向日葵开了大花,惹得蜂子成群地闹着,大菽茨、爬山虎、马蛇菜、胭粉豆,样样都开了花。耀眼的耀眼,散着香气的散着香气。年年爬到磨房窗棂上来的黄瓜,今年又照样的爬上来了;年年结果子的,今年又照样的结了果子。

惟有墙上的狗尾草比去年更为茂盛,因为今年雨水多而风少。园子里虽然是花草鲜艳,而很少有人到园子里来,是依然如故。

偶然园主的小孙女跑进来折一朵大菽茨花,听到屋里有人喊着:"小春,小春……"

她转身就跑回屋去,而后把门又轻轻的闩上了。

算起来就要一年了,赵老太太的女儿就是从这靠着花园的厢房出嫁的。在街上,冯二成子碰到那出嫁的女儿一次,她的怀里抱着一个小孩。

可是冯二成子也有了小孩了。磨房里拉起了一张白布帘子来,

· 133 ·

帘子后边就藏着出生不久的婴孩和孩子的妈妈。

又过了两年，孩子的妈妈死了。

冯二成子坐在罗架上打筛罗时，就把孩子骑在梆子上。夏昼十分热了，冯二成子把头垂在孩子的腿上，打着瞌睡。

不久，那孩子也死了。

后花园经过了几度繁华，经过了几次凋零，但那大菽茨花它好像世世代代要存在下去的样子，经冬复历春，年年照样的在园子里边开着。

园主人把后花园里的房子都翻了新了，只有这磨房连动也没动，说是磨房用不着好房子的，好房子也让筛罗"咚咚"的震坏了。

所以磨房的屋瓦，为着风吹，为着雨淋，一排一排的都脱了节。每刮一次大风，屋瓦就要随着风在半天空里飞走了几块。

夏昼，冯二成子伏在梆子上，每每要打瞌睡。他瞌睡醒来时，昏昏庸庸的他看见眼前跳跃着无数条光线，他揉一揉眼睛，再仔细看一看，原来是房顶露了天了。

以后两年三年，不知多少年，他仍旧在那磨房里平平静静地活着。

后花园的园主也老死了，后花园也拍卖了。这拍卖只不过给冯二成子换了个主人。这个主人并不是个老头,而是个年轻的、爱漂亮、爱说话的,常常穿了很干净的衣裳来磨房的窗外,看那磨倌怎样打他的筛罗,怎样摇他的风车。

1940. 4

北 中 国

一

一早晨起来就落着清雪。在一个灰色的大门洞里,有两个戴着大皮帽子的人,在那里响着大锯。

"扔,扔,扔,扔……"好像唱着歌似的,那白亮亮的大锯唱了一早晨了。

大门洞子里,架着一个木架,木架上边横着一个圆滚滚的大木头。那大木头有一尺多粗,五尺多长。两个人就把大锯放在这木头的身上,不一会工夫,这木头就被锯断了。先是从腰上锯开分做两段,再把那两段从中再锯一道,好像小圆凳似的,有的在地上站着,有的在地上躺着。而后那木架上又被抬上来一条五尺多长的来,不一会工夫，就被分做两段，而后是被分做四段，从那木架上被推下去了。

同时离住宅不远，那里也有人在拉着大锯……城门外不远的地方就有一段树林，树林不是一片，而是一段树道，沿着大道的两旁长着。往年这夹树道的榆树，若有穷人偷剥了树皮，主人定要捉拿他，用绳子捆起来，用打马的鞭子打。活活的树，一剥就被剥死了。说是养了一百来年的大树，从祖宗那里继承下来的，哪好让它一旦死了呢！将来还要传给第二代、第三代儿孙，最好是永远留传下去，好来证明这门第的久远和光荣。

可是，今年却是这树林的主人自己发的号令，用大锯锯着。

那树因为年限久了，树根扎到土地里去特别深。伐树容易，拔根难。树被锯倒了，根只好留待明天春天再拔。

树上的喜鹊窝，新的旧的有许多。树一被伐倒，咔咔咔的响着，发出一种强烈的不能控制的响声；被北风冻干的树皮，触到地上立刻碎了，断了。喜鹊窝也就跟着附到地上了，有的跌破了，有的则整个的滚下来，滚到雪地里去，就坐在那亮晶晶的雪上。

是凡跌碎了的，都是隔年的，或是好几年的；而有些新的，也许就是喜鹊在夏天自己建筑的，为着冬天来居住。这种新的窝是非常结实，虽然是已经跟着大树躺在地上了，但依旧是完好的，仍旧是待在桠树上。那窝里的鸟毛还很温暖的样子，被风忽忽地吹着。

· 137 ·

二

往日这树林里,是禁止打鸟的,说是打鸟是杀生,是不应该的,也禁止孩子们破坏鸟窝,说是破坏鸟窝,是不道德的事,使那鸟将没有家了。

但是现在连大树也倒下了。

这趟夹树道在城外站了不知多少年,好像有这地方就有这树似的,人们一出城门,就先看到这夹树道,已经看了不知多少年了。在感情上好像这地方必须就有这夹树道似的,现在一旦被砍伐了去,觉得一出城门,前边非常的荒凉,似乎总有一点东西不见了,总少了一点什么。虽然还没有完全砍完,那所剩的也没有几棵了。

一百多棵榆树,现在没有几棵了,看着也就全完了。所剩的只是些个木桩子,远看看不出来是些个什么。总之,树是全没有了。只有十几棵,现在还在伐着,也就是一早一晚就要完的事了。

那在门洞子里两个拉锯的大皮帽子,一个说:

"侬你看,大少爷还能回来不能?"

另一个说:

"我看哪……人说不定有没有了呢……"

其中的一个把大皮帽子摘下来,拍打着帽耳朵上的白霜。另一个从腰上解下小烟袋来,准备要休息一刻了。

正这时候,上房的门咔咔地响着就开了,老管事的手里拿着一个上面贴有红绶的信封,从台阶上下来,怀怀疑疑,把嘴唇咬着。

那两个拉锯的,刚要点起火来抽烟,一看这情景就知道大先生又在那里边闹了。于是连忙把烟袋从嘴上拿下来,一个说,另一个听着:

"你说大少爷可真的去打日本去了吗?……"

正在说着,老管事的就走上前来了,走进大门洞,坐在木架上,把信封拿给他们两个细看。他们两个都不识字,老管事的也不识字。不过老管事的闭着眼睛也可以背得出来,因为这样的信,他的主人自从生了病的那天就写,一天或是两封三封,或是三封五封。他已经写了三个月了,因为他已经病了三个月了。

写得连家中的小孩子也都认识了。

所以老管事的把那信封头朝下、脚朝上的倒念着:

大中华民国抗日英雄　耿振华吾儿收　父字

老管事的全念对了，只是中间写在红绶上的那一行，他只念了"耿振华收"，而丢掉了"吾儿"两个字。其中一个拉锯的，一听就听出来那是他念错了，连忙补添着说：

"耿振华吾儿收。"

他们三个都仔细的往那信封上看着，但都看不出"吾儿"两个字写在什么地方，因为他们都不识字。反正背也都背熟了的，于是大家丢开这封信不谈，就都谈着"大先生"，就是他们的主人的病，到底是个什么来历。中医说肝火太盛，由气而得；西医说受了过度的刺激，神经衰弱。而那会算命的本地最有名的黄半仙，却从门帘的缝中看出了耿大先生是前生注定的骨肉分离。

因为耿大先生在民国元年的时候，就出外留学，从本地的县城，留到了省城，差一点就要到北京去的，去进北京大学堂。虽是没有去成，思想总算是革命的了。他的书箱子里密藏着孙中山先生的照片，等到民国七八年的时候，他才敢拿出来给大家看，说是从前若发现了有这照片是要被杀头的。

因此他的思想是维新的多了，他不迷信，他不信中医。他的儿子，从小他就不让他进私学馆，自从初级小学堂一开办，他就把他的女儿和儿子都送进小学堂去读书。

他的母亲活着的时候，很是迷信，跳神赶鬼，但是早已经死去了。现在他就是一家之主，他说怎么样就是怎么样。他的夫人，五十多岁了，读过私学馆，前清时代她的父亲进过北京去赶过考，考是没有考中的，但是学问很好，所以他的女儿《金刚经》《灶王经》都念得通熟，每到夜深人静，还常烧香打坐，还常拜斗参禅。虽然五十多岁了，其间也受了不少的丈夫的阻挠，但她善心不改，也还是常常偷着在灶王爷那里烧香。

耿大先生就完全不信什么灶王爷了，他自己不加小心撞了灶王爷板，他硬说灶王爷板撞了他。于是很开心的拿着烧火的叉子把灶王爷打了一顿。

他说什么是神，人就是神。自从有了科学以来，看得见的就是有，看不见的就没有。

所以那黄半仙刚一探头，耿大先生唔唠一声，就把他吓回去了，只在门帘的缝中观了形色，好在他自承认他的功夫是很深的，只这么一看，也就看出个所以然来。他说这是他命里注定的前世的孽缘，是财不散，是子不离。"是财不散，是儿不死。"民间本是有这句俗话的。但是"是子不离"这可没有，是他给编上去的，因为耿大少爷到底是死是活，谁也不知道，于是就只好将就着用了这么一个含糊其词的"离"字。

假若从此音信皆无，真的死了，不就是真的"离"了吗？假若不死，有一天回来了，那就是人生的悲、欢、离、合，有离就有聚，有聚就有离的"离"。

黄半仙这一套理论，不能发扬而光大之，因为大先生虽然病得很沉重，但是他还时时的清醒过来，若让他晓得了，全家上下都将不得安宁，他将要换着个儿骂，从他夫人骂起，一直骂到那烧火洗碗的小打。所以在他这生病的期中，只得请医生，而不能够看巫医，所以像黄半仙那样的，只能到下房里向大夫人讨一点零钱就去了，是没有工夫给他研究学理的。

现在那两个大皮帽子各自拿了小烟袋，点了灭，彼此的咳嗽着，正想着大大的发一套议论，讨论一下关于大少爷的一去无消息。有管事的在旁，一定有什么更丰富的见解。

老管事的用手把胡子来回地抹着，因为不一会工夫，他的胡子就挂满了白霜。他说：

"人还不知有没有了呢？看这样子丢了一个还要搭一个。"

那拉木头的就问：

"大先生的病好了一点没有？"

老管事的坐在木架上，东望望，西望望，好像无可无不可的神情，似乎并不关心，而又像他心里早有了主意，好像事情的原委他早已观察清楚了，一步一步的必要向哪一方面发展，而必要发展到怎样一个地步，他都完全看透彻了似的。他随手抓起一把锯末子来，用嘴唇吹着，把那锯末子吹了满身，而后又用手拍着，把那锯末子都拍落下去。而后，他弯下腰去，从地上搬起一个圆木墩子来，把那木墩子放在木架上，而后拍着，并且用手揪着那树皮，撕下一小片来，把那绿盈盈的一层掀下来，放在嘴里，一边咬着一边说：

"还甜丝丝的呢，活了一百年的树，到今天算是完了。"

而后他一脚把那木墩子踢开。他说：

"我活了六十多年了，我没有见过这年月，让你一，你不敢二，让你说三，你不敢讲四。完了，完了……"

那两个拉锯的眼睛呆呆的不转眼珠。

老管事的把烟袋锅子磕着自己的毡鞋底：

"跑毛子的时候，那俄大鼻子也杀也砍的，可是就只那么一阵，过去也就完了。没有像这个的，油、盐、酱、醋、吃米、烧柴，没有他管不着的；你说一句话吧，他也要听听；你写一个字吧，他也要看看。大先生为了有这场病的，虽说是为着儿子的啦，可也不尽然，而是为着小……小口口。"

正说到这里，大门外边有两个说着"咯大内、咯大内"的话的绿色的带着短刀的人走过。老管事的他那掉在地上的写着"大中华民国"字样的信封，伸出脚去就用大毡鞋底踩住了，同时变毛变色

· 143 ·

地说：

"今年冬天的雪不小，来春的青苗错不了呵！……"

那两个人"咯大内、咯大内"地讲着些个什么走过去了。

"说鬼就有鬼，说鬼鬼就到。"

老管事的站起来就走了，把那写着"大中华民国"的信封，一边走着一边撕着，撕得一条一条的，而后放在嘴里咬着，随咬随吐在地上。他已直上正房的台阶上去了，在那台阶上还听得到他说：

"活见鬼，活见鬼，他妈的，活见鬼……"

而后那房门咔咔的一响，人就进去了，不见了。

清雪还是照旧的下着，那两个拉锯的，又在那里唰唰的工作起来。

这大锯的响声本来是"扔扔"的，好像是唱着歌似的，但那是离得远一点才可以听到的，而那拉锯的人自己就只听到"唰唰唰"。

锯末子往下飞撒，同时也有一种清香的气味发散出来。那气味甜丝丝的，松香不是松香，杨花的香味也不是的，而是甜的，幽远的，好像是在记忆上已经记不得那么一种气味的了。久久被忘记了的一回事，一旦来到了，觉得特别的新鲜。因为那拉锯的人真是伸手抓起一把锯末子来放到嘴里吞下去。就是不吞了这锯末子，也必得撕下一片那绿盈盈的贴身的树皮来，放到嘴里去咬着，是那么清香，不咬一咬这树皮，嘴里不能够有口味。刚一开始，他们就是那样咬着的。现在虽然不至再亲切得去咬那树皮了，但是那圆滚滚的一个一个的锯好了的木墩子，也是非常惹人爱的。他们时或用手拍着，用脚尖触着。他们每锯好一段，从那木架子推下去的时候，他们就说：

"去吧，上一边呆着去吧。"

他们心里想，这么大的木头，若做成桌子，做成椅子，修房子的时候，做成窗框该多好，这样好的木头哪里去找去！

但是现在锯了，毁了，劈子烧火了，眼看着一块材料不成用了。好像他们自己的命运一样，他们看了未免的有几分悲哀。

清雪好像菲薄菲薄的玻璃片似的，把人的脸，把人的衣服都给闪着光，人在清雪里边，就像在一张大的纱帐子里似的。而这纱帐子又都是些个玻璃末似的小东西组成的，它们会飞，会跑，会纷纷地下坠。

往那大门洞里一看，只影影绰绰的看得见人的轮廓，而看不清人的鼻子眼睛了。

可是大锯的响声，在下雪的天气时，反而听得特别的清楚，也反而听得特别的远。因为在这样的天气里边，人们都走进屋子里去过生活了。街道上和邻家院子，都是静静的。人声非常的稀少，人影也不多见。只见远近外都是茫茫的一片白色。

尤其是在旷野上，远远的一望，白茫茫的，简直是一片白色的大化石。旷野上远处若有一个人走着，就像一个黑点在移动着似的；近处若有人走着，就好像一个影子在走着似的。

在这下雪的天气里是很奇怪的，远处都近近的反而远了，比方旁边有人说话，那声音不如平时响亮。远处若有一点声音，那声音就好像在耳朵旁边似的。

所以那远处伐树的声音，当他们两个一休息下来的时候，他们就听见了。

因为太远了，那大锯的"扔扔"的声音不很大，好像隔了不少的村庄，而听到那最后的音响似的，似有似无的。假若在记忆里边没有那伐树的事情，那就根本不知道那是伐树的声音了。或者根本就听不见。

"一百多棵树。"因为他们心里想着，那个地方原来有一百多棵树。

在晴天里往那边是看得见那片树的，在下雪的天里就有些看不见了，只听得不知道什么地方"扔、扔、扔、扔"。他们一想，就定是那伐树的声音了。

他们听了一会，他们说：

"百多棵树,烟消火灭了,耿大先生想儿子想疯了。"

一年不如一年了,完了,完了。

樱桃树不结樱桃了,玫瑰不开花了。泥大墙倒了,把樱桃树给轧断了,把玫瑰树给埋了。樱桃轧断了,还留着一些枝杈,玫瑰竟埋得连影都看不见了。

耿大先生从前问小孩子们:

"长大作什么?"

小孩子们就说:"长大当官。"

现在老早就不这么说了。

他对小孩子们说:

"有吃有喝就行了,荣华富贵咱们不求那个。"

从前那客厅里挂着的画,威尔逊,拿破仑,现在都已经摘下去了,尤其是那拿破仑,英雄威武得实在可以,戴着大帽子,身上佩着剑。

耿大先生每天早晨吃完了饭,往客厅里一坐,第一个拿破仑,第二个威尔逊,还有林肯,华盛顿……挨着排讲究一遍。讲完了,大的孩子让他照样的背一遍,小的孩子就让他用手指指出哪个是威尔逊,哪个是拿破仑。

可是现在没有了,那些画都从墙上摘下去了,另换上一个面孔,宽衣大袖，安详端正，很大的耳朵，很红的嘴唇，一看上去就是仁义道德。但是自从挂了这画之后，只是白白地挂着，并没有讲。

他不再问孩子们长大做什么了。孩子们偶尔问到了他，他就说：

"只求足衣足食，不求别的。"

这都是日本人来了之后，才改变了的思想。

再不然就说：

"人生百年，三万六千日，不如僧家半日闲。"

这还都是大少爷在家里时的思想。大少爷一走了，开初耿大先生不表示什么意见，心里暗恨生气，只觉得这孩子太不知好歹。但他想过了一些时候，就会回来的了，年轻的人，听说哪方面热闹，就往哪方面跑。他又想到他自己年轻的时候，也是那样。孙中山先生革命的时候，还偷偷地加入了革命党呢。现在还不是，青年人，血气盛，听说是要打日本，自然是眼红，现在让他去吧，过了一些时候，他就晓得了。他以为到了中国就不再是"满洲国"了。说打日本是可以的了。其实不然，中国也不让说打日本这个话的。

本地县中学里的学生跑了两三个。听说到了上海就被抓起来了。听说犯了抗日贻害民国的罪。这些或者不是事实，耿大先生也没有见过，不过一听说，他就有点相信。他想儿子既走了，是没有法子叫他回来的，只希望他在外边碰了钉子就回来了。

看着吧，到了上海，没有几天，也是回来的。年轻人就是这样，听了什么一个好名声，就跟着去了，过了几天也就回来了。

耿大先生把这件事不十分放在心上。

儿子的母亲，一哭哭了三四天，说在儿子走的三四天前，她就看出来那孩子有点不对。那孩子的眼池是红的，一定是不忍心走，哭过了的，还有他问过他母亲一句话，他说：

"妈，弟弟他们每天应该给他们两个钟头念中国书。尽念日本书，将来连中国字都不认识了，等一天咱们中国把日本人打跑了的时候，还满口日本话，那该多么耻辱。"

妈就说：

"什么时候会打跑日本的？"

儿子说：

"我就要去打日本去了……"

这不明明跟母亲露一个话风吗？可惜当时她不明白，现在她越想越后悔。假如看出来了，就看住他，使他走不了。假如看出来了，他怎么也是走不了的。母亲越想越后悔，这一下子怕是不能回来了。

母亲觉得虽然打日本是未必的，但总觉得儿子走了，怕是不能回来了，这个阴影不知道从什么地方来的。也许本地县中学里的那两个学生到了上海就音信皆无，给了她很大的恐怖。总之有一个可怕的阴影，不知怎么的，似乎是儿子就要一去不回来。

但是这话她不能说出来，同时她也不愿意这样的说，但是她越想怕是儿子就越回不来了。所以当她到儿子的房里去检点衣物的时候，她看见了儿子的出去打猎戴的那大帽子，她也哭。她看见了儿子的皮手套，她也哭。哭得像个泪人似的。

儿子的书桌上的书一本一本地好好地放着，毛笔站在笔架上，铅笔横在小木盒里。那儿子喝的茶杯里还剩了半杯茶呢！儿子走了吗？这实在不能够相信。那书架上站着的大圆马蹄表还在咔咔咔地一秒一秒地走着。那还是儿子亲手上的表呢。

母亲摸摸这个，动动那个。似乎是什么也没有少，一切都照原样，屋子里还温热热的，一切都像等待着晚上儿子回来照常睡在这房里，一点也不像这主人就一去也不回来了。

三

儿子一去就是三年，只是到了上海的时候，有过两封信。以后就音信皆无了，传说倒是很多。正因为传说太多了，不知道相信哪一条好。卢沟桥，"八·一三"，儿子走了不到半年中国就打日本了。但是儿子可在什么地方，音信皆无。

传说就在上海张发奎的部队里,当了兵,又传说没有当兵,而做了政治工作人员。后来,他的一个同学又说他早就不在上海了,在陕西八路军里边工作。过了几个月说都不对,是在山西的一个小学堂里教书。还有更奇妙的,说是儿子生活无着,沦落街头,无法还在一个瓷器公司里边做了一段小工。

对于这做小工的事情,把母亲可怜得不得了。母亲到处去探听,亲戚,朋友,只要平常对于她儿子一有来往的地方,她就没有不探听遍了的。尤其儿子的同学,她总想,他们是年轻人,哪能够不通信。等人家告诉她实实在在不知道的时候,她就说:

"你们瞒着我,你们哪能不通信的。"

她打算给儿子寄些钱去,可是往哪里寄呢?没有通信地址。她常常以为有人一定晓得她儿子的通信处,不过不敢告诉她罢了;她常以为尤其是儿子的同学一定知道他在哪里,不过不肯说,说了出来,怕她去找回来。所以她常对儿子的同学说:

"你们若知道,你们告诉我,我决不去找他的。"

有时竟或说:

"他在外边见见世面,倒也好的,不然像咱们这个地方东三省,有谁到过上海。他也二十多岁了,他愿意在外边待着,他就在外边待着去吧,我才不去找他的。"

对方的回答很简单：

"我们不知道，我们不知道。"

有时她这样用心可怜的说了一大套，对方也难为情起来了。说：

"老伯母，我们实在不知道。我们若知道，我们就说了。"

每次都是毫无下文，无结果而止。她自己也觉得非常的空虚，她想下回不问了，无论谁也不问了，事不关己，谁愿意听呢？人都是自私的，人家不告诉她，她心里竟或恨了别人，她想再也不必问了。

但是过些日子她又忘了，她还是照旧的问。

怎么能够沦为小工呢？耿家自祖上就没有给人家做工的，真是笑话，有些不十分相信，有些不可能。

但是自从离了家，家里一个铜板也没有寄去过，上海又没有亲戚，恐怕做小工也是真的了。

母亲爱子心切，一想到这里，有些不好过，有些心酸，眼泪就来到眼边上。她想这孩子自幼又骄又惯的长大，吃、穿都是别人扶持着，现在给人做小工，可怎么做呢？可怜了我这孩子了！母亲一想到这里，每逢吃饭，就要放下饭碗，吃不下去。每逢睡到刮风的夜，她就想刮了这样的大风，若是一个在外边，夜里睡不着，想起家来，那该多么难受。

因为她想儿子所以她想到了儿子要想家的。

下雨的夜里,她睡得好好的,忽然一个雷把她惊醒了,她就再也睡不着了。她想,沦落在外的人,手中若没有钱,这样连风加雨的夜,怎样能够睡着?背井离乡,要亲戚没有亲戚,要朋友没有朋友,又风雨交加。其实儿子离她不知几千里了,怎么她这里下雨,儿子那里也会下雨的?因为她想她这里下雨了,儿子那里也是下雨的。

儿子到底当了小工,还是当了兵,这些都是传闻,究竟没有证实过。所以做母亲的迷离恍惚的过了两三年,好像走了迷路似的,不知道东西南北了。

母亲在这三年中,会说东忘西的,说南忘北的,听人家唱鼓词,听着听着就哭了;给小孩子们讲瞎话,讲着讲着眼泪就流下来了。一说街上有个叫花子,三天没有吃饭饿死了,她就说:"怎么没有人给他点剩饭呢?"说完了,她眼睛上就像是来了眼泪,她说人们真狠心得很……

母亲不知为什么,变得眼泪特别多,她无所因由似的说哭就哭,看见别人家娶媳妇她也哭,听说谁家的少爷今年定了亲了,她也哭。

四

可是耿大先生则不然,他一声不响,关于儿子,他一字不提。他不哭,也不说话,只是夜里不睡觉,静静地坐着,往往一坐坐个通宵。他的面前站着一根蜡烛,他的身边放着一本书。那书他从来没有看过,只是在那烛光里边一夜一夜的陪着他。

儿子刚走的时候,他想他不久就回来了,用不着挂心的。他一看儿子的母亲在哭,他就说:"妇人女子眼泪忒多。"所以当儿子来信要钱的时候,他不但没有给寄钱去,反而写信告诉他说,要回来,就回来,必是自有主张,此后也就不要给家来信了,关里关外的通信,若给人家晓得了,有关身家性命。父亲是用这种方法要挟儿子,使他早点回来。谁知儿子看了这信,就从此不往家里写信了。

无音无信的过了三年,虽然这之中的传闻他也都听到了,但是越听越坏,还不如不听的好。不听倒还死心塌地,就像未曾有过这样的一个儿子似的。可是偏听得见的,只能听见,又不能证实,就如隐约欲断的琴音,往往更耐人追索……

耿大先生为了忘却这件事情,他已经养成了一个习惯,就是夜里不愿意睡觉,愿意坐着。

他夜里坐了三年，竟把头发坐白了。

开初有的亲戚朋友来，还问他大少爷有信没有，到后来竟问也没有人敢问了。人一问他，他就说：

"他们的事情，少管为妙。"

人家也就晓得耿大先生避免着再提到儿子。家里的人更没有人敢提到大少爷的。大少爷住过的那房子的门锁着，那里边鸦雀无声，灰尘都已经满了。太阳晃在窗子的玻璃上，那玻璃都可以照人了，好像水银镜子似的。因为玻璃的背后已经挂了一层灰秃秃的尘土。把脸贴在玻璃上往里边看，才能看到里边的那些东西，床、书架、书桌等类，但也看不十分清楚。因为玻璃上尘土的关系，也都变得影影绰绰的。

这个窗没有人敢往里看，也就是老管事的记性很不好，挨了不知多少次的耿大先生的瞪眼，他有时一早一晚还偷偷摸摸地往里看。

因为在老管事的感觉里，这大少爷的走掉，总觉得是凤去楼空，或者是凄凉的家败人亡的感觉。

眼看着大少爷一走，全家都散心了。到吃饭的时候，桌子摆着碗筷，空空的摆着，没有人来吃饭。到睡觉的时候，不睡觉，通夜通夜的上房里点着灯。家里油盐酱醋没有人检点，老厨子偷油、偷盐，并且拿着小口袋从米缸里往外灌米。送柴的来了，没有人过数；

送粮的来了，没有人点粮。柴来了就往大廪上一扔，粮来了，就往仓子里一倒，够数不够数，没有人晓得。

院墙倒了，用一排麦秆附上；房子漏了雨，拿一块砖头压上。一切都是往败坏的路上走。一切的光辉生气随着大少爷的出走失去了。

老管事的一看到这里，就觉得好像家败人亡了似的，默默的心中起着悲哀。

因为是上一代他也看见了，并且一点也没有忘记，那就是耿大先生的父亲在世的时候那种兢兢业业的。现在都哪里去了，现在好像是就要烟消云散了。

他越看越不像样，也就越要看。他觉得上屋里没人，他就跷着脚尖，把头盖顶在那大少爷的房子的玻璃窗上，往里看着。他自己也不知道他是要看什么，好像要在凭吊。

其余的家里的孩子，谁也不敢提到哥哥，谁要一提到哥哥，父亲就用眼睛瞪着他们。或者是正在吃饭，或者是正在玩着，若一提到哥哥，父亲就说：

"去吧，去一边玩去吧。"

耿大先生整天不大说话。他的眼睛是灰色的，他在屋子里坐着，他就直直地望着墙壁。他在院子里站着，他就把眼睛望着天边。他什么也不说，什么也不观察，把嘴再紧紧的闭着，好像他的嘴里边已经咬住了一种什么东西。

但是现在耿大先生早已经病了，有的时候清醒，有的时候则昏昏沉沉的睡着。

那就是今年阴历十二月里，他听到儿子大概是死了的消息。

这消息是本街上儿子的从前的一个同学那里传出来的。

正是这些时候。"满洲国"的报纸上大加宣传说是中国要内战了，不打日本了，说是某某军队竟把某某军队一伙给杀光了，说是连军人的家属连妇人带小孩都给杀光了。

这些宣传，日本一点也不出于好心。为什么知道他不是出于好心呢？因为下边紧接着就说，还是"满洲国"好，国泰民安，赶快的不要对你们的祖国怀着希望。

耿大先生一看，耿大先生就看出这又在造谣生事了。

耿大先生每天看报的，虽然他不相信，但也留心着，反正没有事做，就拿着报纸当消遣。有一天报上画着些小人，旁边注着字："自相残杀"。外加还有一张画，画的是日本人，手里拉着"满洲国"的人，向前大步地走去，旁边写着："日满提携"。

耿大先生看完了报说：

"小日本是亡不了中国的，小日本无耻。"

有一天，耿大先生正在吃饭。客厅里边来了一个青年人在说话，说话的声音不大，说了一会就走了。他也绝没想到厅中有事。

耿太太也正在吃饭，知道客厅里来了客人，过去就没有回来，饭也没有吃。

到了晚上，全家都知道了，就是瞒着耿大先生一个人不知道。大少爷在外边当兵打仗死了。

老管事的打着灯笼到庙上去烧香去了，回来把胡子都哭湿了，他说："年轻轻的，那孩子不是那短命的，规矩礼法，温文尔雅……"

戴着大皮帽子的家里的长工，翻来覆去地说：

"奇怪，奇怪。当兵是穷人当的，像大少爷这身份为啥去当兵的？"

另外一个长工就说：

"打日本罢啦！"

长工们是在伙房里讲着。伙房的锅上点起小煤油灯来，灯上没有灯罩，所以从火苗上往上升着黑烟。大锅里边满着猪食，咕噜咕噜的，从锅沿边往上升着白汽，白汽升到房梁上，而后结成很大的水点滴下来。除了他们谈论大少爷的说话声之外，水点也在啪嗒啪嗒地落着。

耿太太在上屋自己的卧房里哭了好一阵,而后拿着三炷香到房檐头上去跪着念《金刚经》。当她走过来的时候,那香火在黑暗里一东一西地迈着步,而后在房檐头上那红红的小点停住了。

老管事的好像哨兵似的给耿太太守卫着,说大先生没有出来。于是耿太太才喃喃地念起经来。一边念着经,一边哭着,哭了一会,忘记了把声音渐渐地放大起来,老管事的在一旁说:

"小心大先生听见,小点声吧。"

耿太太又勉强着把哭声收回去,以致那喉咙里边像有什么在横着似的,时时起着格格的响声。

把经念完了,耿太太昏迷迷地往屋里走,哪想到大先生就在玻璃窗里边站着。她想这事情的原委,已经被他看破,所以当他一问:"你在做什么?"她就把实况说了出来:

"咱们的孩子被中国人打死了。"

耿大先生说:

"胡说。"

于是,拿起这些日子所有的报纸来,看了半夜,满纸都是日本人的挑拨离间,却看不出中国人会打中国人来。

直到鸡叫天明,耿大先生伏在案上,枕着那些报纸,忽然做了一梦。

在梦中,他的儿子并没有死,而是作了抗日英雄,带着千军万马,从中国杀向"满洲国"来了。

五

耿大先生一梦醒来,从此就病了,就是那有时昏迷,有时清醒的病。

清醒的时候,他就指挥着伐树。他说:

"伐呀,不伐白不伐。"

把树木都锯成短段。他说:

"烧啊!不烧白不烧,留着也是小日本的。"

等他昏迷的时候,他就要笔要墨写信,那样的信不知写了多少了,只写信封,而不写内容的。

信封上总是写:

大中华民国抗日英雄

耿振华吾儿　　收

　　父　字

这信不知道他要寄到什么地方去,只要客人来了,他就说:

"你等一等,我这儿有一封信给我带去。"

不管什么人上街，若让他看见，他就要带一封信去。

医生来了，一进屋，皮包还没有放下，他就对医生说。

"请等一等，给我带一封信去！"

家里的人，觉得这是一种可怕的情形。若是来了日本客人，他也把那抗日英雄的信托日本人带去，可就糟了。

所以自从他一发了病，也就被幽禁起来，把他住在最末的一间房子的后间里，前边罩着窗帘，后边上着风窗。

晴天时，太阳在窗帘的外边，那屋子是昏黄的；阴天时，那屋子是发灰色的。那屋里什么也没有，只有一个高大的暖墙，在一边站着，那暖墙是用白净的凸花的瓷砖砌的。其余别的东西都已经搬出去了，只有这暖墙是无法可搬的，只好站在那里让耿大先生迟迟的看来看去。他好像不认识这东西，不知道这东西的性质，有的时候看，有的时候用手去抚摸。

家里的人看了这情形很是害怕，所以把所有的东西都搬开了，不然他就详详细细地研究，灯台、茶碗、盘子、帽盒子，他都拿在手里观摩。

现在都搬走了，只剩了这暖墙不能搬了。他就细细地用手指摸着这暖墙上的花纹。他说：

"怕这也是日本货吧！"

耿大先生一天很无聊的过着日子。

窗帘整天的上着,昏昏暗暗的,他的生活与世隔离了。

他的小屋虽然安静,但外边的声音也还是可以听得到的。外边狗咬,或是有脚步声,他就说:

"让我出去看看,有人来了。"

或是:

"有人来了,让他给我带一封信去。"

若有人阻止了他,他也就不动了;旁边若没有人,他会开门就经过耿太太的卧房,再经过客厅就出去的。

有一天日本东亚什么什么协进会的干事,一个日本人到家里了,要与耿大先生谈什么事情,因为他也是协进会的董事。

这一天,可把耿太太吓坏了。

"上街去了。"说完了,自己的脸色就变白了。

因为一时着急说错了,假若那日本人听说若是他病在家里不见,这不是被看破了实情,无私也有弊了。

于是大家商量着,把耿大先生又给换了一个住处。这房间又小又冷,原来是个小偏房,是个使女住的。屋里没有壁炉,也没有暖墙,只生了一个炭火盆取暖。因为这房子在所有的房子的背后,或者更周密一些。

但是并不，有一天医生来到家里给耿大先生诊病。正在客厅里谈着，说耿大先生的病没有见什么好，可也没有见坏。

正这时候，掀开门帘，耿大先生进来了，手里拿了一封信说：

"我好了，我好了。请把这一封信给我带去。"

耿太太吓慌了，这假若是日本人在，便糟了。于是又把耿大先生换了一个地方。这回更荒凉了，把他放在花园的角上那凉亭子里去了。

那凉亭子的四角都像和尚庙似的挂着小钟，半夜里有风吹来，发出叮叮的响声。耿大先生清醒的时候，就说：

"想不到出家当和尚了，真是笑话。"

等他昏迷的时候他就说：

"给我笔，我写信……"

那花园里素常没有人来，因为一到了冬天，满园子都是白雪。偶尔一条狗从这园子里经过，那留下来一连串的脚印，把那完完整整的洁净得连触也不敢触的大雪地给踏破了，使人看了非常的可惜。假若下了第二次雪，那就会平了。假若第二次雪不来，那就会十天八天地留着。

平常人走在路上，没有人留心过脚印。猫跪在桌子上，没有留心过那踪迹。就像鸟雀从天空飞过，没有人留心过那影子的一样。

但是这平平的雪地若展现在前边就不然了。若看到了那上边有一个坑一个点都要追寻它的来历。老鼠从上边跳过去的脚印，是一对一对的，好像一对尖尖的枣核打在那上边了。

鸡子从上边走过去，那脚印好像松树枝似的，一个个的。人看了这痕迹，就想要追寻，这是从哪里来的？到哪里去了呢？若是短短的只在雪上绕了一个弯就回来了的，那么一看就看清楚了，那东西在这雪上没有走了那么远。若是那脚印一长串的跑了出去，跑到大墙的那边，或是跑到大树的那边，或是跑到凉亭的那边，让人的眼睛看不到，最后究竟是跑到哪里去了？这一片小小的白雪地，四外有大墙围，本来是一个小小的世界，但经过几个脚印足痕的踩踏之后却显得这世界宽广了。因为一条狗从上边跑过了，那狗究竟是跳墙出去了呢，还是从什么地方回来的。再仔细查那脚印，那脚印只是单单的一行，有去路，而没有回路。

耿大先生自从搬到这凉亭里来，就整天的看着这满花园子的大雪。那雪若是刚下过了的，非常的平，连一点痕迹也没有的时候，他就更寂寞了。

那凉亭里边生了一个炭火盆，他寂寞的时候，就往炭火盆上加炭。那炭火盆上冒着蓝烟，他就对着那蓝烟呆呆地坐着。

六

有一天,有两个亲戚来看他,怕是一见了面,又要惹动他的心事,他要写那"大中华民国抗日英雄耿振华吾儿"的信了。

于是没敢惊动,就围绕着凉亭,踏着雪,企图偷偷看了就走了。

看了一会,没有人影,又看了一会,连影子也没有。

耿太太着慌了,以为一定是什么时候跑出去了。心下想着,跑到什么地方去了呢?可不要闯了乱子。她急忙地走上台阶去,一看那吊在门上的锁,还是好好地锁着。那锁还是耿太太临出来的时候,她自己亲手锁的。

耿太太于是放了心,她想他是睡觉了,她让那两个客人站在门外,她先进去看看。若是他精神明白,就请两位客人进来。若不大明白,就不请他们进来了。免得一见面第二句话没有,又是写那"大中华民国"的信了。但是当她把耳朵贴在门框上去听的时候,她断定他是睡着了,于是她就说:

"他是睡着了,让他多睡一会吧。"

带着客人,一面说话一面回到正房去了。

厨子给老爷送饭的时候,一开门,那满屋子的蓝烟,就从门口跑了出来。往地上一看，耿大先生就在火盆旁边卧着，一只手按着自己的胸口，好像是在睡觉，又好像还有许多话没有说出来似的。

耿大先生被炭烟熏死了。

外边凉亭四角的铃子还在丁当丁当地响着。

因为今天起了一点小风，说不定一会工夫还要下清雪的。

1941．3．26

小城三月

一

三月的原野已经绿了,像地衣那样绿,透出在这里、那里。郊原上的草,是必须转折了好几个弯儿才能钻出地面的,草儿头上还顶着那胀破了种粒的壳,发出一寸多高的芽子,欣幸地钻出了土皮。放牛的孩子在掀起了墙脚下面的瓦时,找到了一片草芽子,孩子们回到家里告诉妈妈,说:"今天草芽出土了!"妈妈惊喜地说:"那一定是向阳的地方!"抢根菜的白色的圆石似的籽儿在地上滚着,野孩子一升一斗地在拾着。蒲公英发芽了,羊咩咩地叫,乌鸦绕着杨树林子飞。天气一天暖似一天,日子一寸一寸的都有意思。杨花满天照地飞,像棉花似的。人们出门都是用手捉着,杨花挂着他了。

草和牛粪都横在道上，放散着强烈的气味。远远的有用石子打船的声音。"空空……"的大声传来。

河冰发了，冰块顶着冰块，苦闷地又奔放地向下流。乌鸦站在冰块上寻觅小鱼吃，或者是还在冬眠的青蛙。

天气突然的热起来，说是"二八月，小阳春"，自然冷天气要来的，但是这几天可热了。春带着强烈的呼唤从这头走到那头……

小城里被杨花给装满了，在榆钱还没变黄之前，大街小巷到处飞着，像纷纷落下的雪块……

春来了。人人像久久等待着一个大暴动，今天夜里就要举行，人人带着犯罪的心情，想参加到解放的尝试……春吹到每个人的心坎，带着呼唤，带着蛊惑……

我有一个姨，和我的堂哥哥大概是恋爱了。

姨母本来是很近的亲属，就是母亲的姊妹。但是我这个姨，她不是我的亲姨，她是我的继母的继母的女儿。那么她可算与我的继母有点血统的关系了，其实也是没有的。因为我这个外祖母是在已经做了寡妇之后才来到我外祖父家，翠姨就是这个外祖母原来在另外一家所生的女儿。

翠姨还有一个妹妹，她的妹妹小她两岁，大概是十七八岁，那么翠姨也就十八九岁了。

翠姨生得并不是十分漂亮，但是她行得窈窕，走起路来沉静而且漂亮，讲起话来清楚地带着一种平静的感情。她伸手拿樱桃吃的时候，好像她的手指尖对那樱桃十分可怜的样子，她怕把它触坏了似的轻轻地捏着。

假若有人在她的背后唤她一声，她若是正在走路，她就会停下了；若是正在吃饭，就要把饭碗放下，而后把头向着自己的肩膀转过去，而全身并不大转，于是她自觉地闭合着嘴唇，像是有什么要说而一时说不出来似的……

而翠姨的妹妹，忘记了她叫什么名字，反正是一个大说大笑的，不十分修边幅，和她的姐姐完全不同。花的绿的，红的紫的，只要是市上流行的，她就不大加以选择，做起一件衣服来赶快就穿在身上。穿上了而后，到亲戚家去串门，人家恭维她的衣料怎样漂亮的时候，她总是说，和这完全一样的，还有一件，她给了她的姐姐了。

我到外祖父家去，外祖父家里没有像我一般大的女孩子陪着我玩，所以每当我去，外祖母总是把翠姨喊来陪我。

翠姨就住在外祖父的后院，隔着一道板墙，一招呼，听见就来了。

外祖父住的院子和翠姨住的院子，虽然只隔一道板墙，但是却没有门可通，所以还得绕到大街上去从正门进来。

因此有时翠姨先来到板墙这里，从板墙缝中和我打了招呼，而后回到屋去装饰一番，才从大街上绕了个圈来她母亲的家里。

翠姨很喜欢我。因为我在学堂里念书，而她没有，她想什么事我都比她明白。所以，她总是有许多事务同我商量，看看我的意见如何。

到夜里，我住在外祖父家里了，她就陪着我也住下。

每每睡下就谈，谈过了半夜，不知为什么总是谈不完……

开初谈的是衣服怎样穿，穿什么样颜色，穿什么样的料子。比如走路应该快或是应该慢。有时，白天里她买了一个别针，到夜里她拿出来看看，问我这别针到底是好看或是不好看。那时候，大概是十五年前的时候，我们不知别处如何装扮一个女子，而在这个城里，几乎个个都有一条宽大的绒绳结的披肩，蓝的紫的，各色的也有，但最多多不过枣红色了。几乎在街上所见的都是枣红色的大披肩了。

哪怕红的绿的那么多，但总没有枣红色的最流行。

翠姨的妹妹有一条，翠姨有一条，我的所有的同学，几乎每人都有一条。就连素不考究的外祖母的肩上也披着一条，只不过披的是蓝色的，没有敢用最流行的枣红色的就是了。因为她总算年纪大了一点，对年轻人让了一步。

还有那时候都流行穿绒绳鞋，翠姨的妹妹就赶快地买了穿上，因为她那个人很粗心大意，好坏她不管，只是人家有她也有，别人是人穿衣服，而翠姨的妹妹就好像被衣服所穿了似的，芜芜杂杂。但永远合乎着应有尽有的原则。

翠姨的妹妹的那绒绳鞋，买来了，穿上了。在地板上跑着，不大一会工夫，那每只鞋脸上系着的一只毛球，竟有一个毛球已经离开了鞋子，向上跳着，只还有一根绳连着，不然就要掉下来了。很好玩的，好像一颗大红枣被系到脚上去了。因为她的鞋子也是枣红色的。大家都在嘲笑她的鞋子一买回来就坏了。

翠姨她没有买，也许她心里边早已经喜欢了，但是看上去她都像反对似的，好像她都不接受。

她必得等到许多人都开始采办了，这时候，看样子她才稍稍有些动心。

好比买绒绳鞋，夜里她和我谈话问过我的意见，我说也是好看的，我有很多的同学她们也都买了绒绳鞋。

第二天，翠姨就要求我陪着她上街，先不告诉我去买什么，进了铺子选了半天别的，才问到我绒绳鞋。

走了几家铺子，都没有，都说是已经卖完了。我晓得店铺的人是这样瞎说的，表示他这家店铺平常总是最丰富的，只恰巧你要的这件东西，他就没有了。我劝翠姨说，咱们慢慢的走，别家一定会有的。

我们是坐马车从街梢上的外祖父家来到街中心的。

见了第一家铺子，我们就下了马车。不用说，马车我们已经是付过了价钱的。等我们买好了东西回来的时候，会另外叫一辆的，因为我们不知道要等多久。

大概看见什么好，虽然不需要也要买点；或是东西已经买全了，不必要再多留连，也要留连一会；或是买东西的目的，本来只在一双鞋，而结果鞋子没有买到，反而啰嗦地买回来许多用不着的东西。

这一天，我们辞退了马车，进了第一家店铺。

在别的大城市里没有这种情形，而在我家乡里往往是这样，坐了马车，虽然是付过了钱，让他自由去兜揽生意，但他常常还仍旧等候在铺子的门外。等一出来，他仍旧请你坐他的车。

我们走进第一个铺子，一问没有。于是就看了些别的东西，从绸缎看到呢绒，从呢绒再看到绸缎，布匹根本不看的，并不像母亲们进了店铺那样子。这个买去做被单，那个买去做棉袄的，因为我们管不了被单棉袄的事。母亲们一月不进店铺，一进店铺又是这个便宜应该买；那个不贵，也应该买。比方一块在夏天才用得着的花洋布，母亲们冬天里就买起来了，说是趁着便宜多买点，总是用得着的。而我们就不然了,我们是天天进店铺的,天天搜寻些个好看的,贵的值钱的,平常时候绝对的用不到想不到的。

那一天,我们买了许多花边回来,钉着光片的,带着琉璃的。说不上要做什么样的衣服才配得着这种花边。也许根本没有想到做衣服,就贸然地把花边买下了。一边买着,一边说好,翠姨说好,我也说好。到后来,回到家里,当众打开了让大家批判,这个一言,那个一语,让大家说得也有点没有主意了,心里已经五六分空虚了。于是赶快地收拾了起来,或者从别人的手里夺过来,把它包起来,说她们不识货,不让她们看了。

勉强说着:

"我们要做一件红金绒的袍子,把这个黑琉璃边镶上。"

或:"这红的我们送人去……"

说虽仍旧如此说,心里已经八九分空虚了,大概是这些所心爱的,从此就不会再出头露面的了。

在这小城里,商店究竟没有多少,到后来又加上看不到绒绳鞋,心里着急,也许跑得更快些。不一会工夫,只剩了三两家了。而那三两家,又偏偏是不常去的,铺子小,货物少。想来它那里也是一定不会有的了。

我们走进一个小铺子里去,果然有三四双,非小即大,而且颜色都不好看。

翠姨有意要买,我就觉得奇怪,原来就不十分喜欢,既然没有好的,又为什么要买呢?让我说着,没有买成回家去了。

过了两天,我把买鞋子这件事情早忘了。

翠姨忽然又提议要去买。

从此我知道了她的秘密,她早就爱上了那绒绳鞋了,不过她没有说出来就是了。她的恋爱的秘密就是这样子的。她似乎要把它带到坟墓里去,一直不要说出口,好像天底下没有一个人值得听她的告诉……

在外边飞着满天大雪,我和翠姨坐着马车去买绒绳鞋。我们身上围着皮褥子,赶车的车夫高高地坐在车夫台上,摇晃着身子,唱着沙哑的山歌:"喝咧咧……"耳边风呜呜地啸着,从天上倾下来的大雪,迷乱了我们的眼睛,远远的天隐在云雾里,我默默地祝福翠姨快快买到可爱的绒绳鞋,我从心里愿意她得救……

市中心远远地朦朦胧胧地站着,行人很少,全街静悄无声。我们一家挨一家地问着,我比她更急切,我想赶快买到吧,我小心地盘问着那些店员们,我从来不放弃一个细微的机会,我鼓励翠姨,没有忘记一家。使她都有点儿诧异,我为什么忽然这样热心起来。但是我完全不管她的猜疑,我不顾一切地想在这小城里面,找出一双绒绳鞋来。

只有我们的马车,因为载着翠姨的愿望,在街上奔驰得特别的清醒,又特别的快。雪下得更大了,街上什么都没有了,只有我们两个人,催着车夫,跑来跑去。一直到天都很晚了,鞋子没有买到,翠姨深深地看到我的眼里说:"我的命,不会好的。"我很想装出大人的样子,来安慰她,但是没有等到找出什么适当的话来,泪便流出来了。

二

翠姨以后也常来我家住着,是我的继母把她接来的。

因为她的妹妹订婚了,怕是她的家里并没有多少人,只有她的一个六十多岁的老祖父,再就是一个也是寡妇的伯母,带一个女儿。

堂妹妹本该在一起玩耍解闷的,但是因性格的相差太远,一向是水火不同炉地过着日子。

她的堂妹妹,我见过,永久是穿着深色的衣裳,黑黑的脸,一天到晚陪着母亲坐在屋子里。母亲洗衣裳,她也洗衣裳;母亲哭,她也哭。也许她帮着母亲哭她死去的父亲,也许哭的是她们的家穷。那别人就不晓得了。

本来是一家的女儿，翠姨她们两姊妹却像有钱的人家的小姐，而那个堂姊妹，看上去却像个乡下丫头。这一点，使她得到常常到我们家里来住的权力。

她的亲妹妹订婚了，再过一年就出嫁了。在这一年中，妹妹大大地阔气起来，因为婆家那方面一订了婚就送来了聘礼，一百吊一千吊的论，她妹妹的聘礼大概是几万吊，所以她忽然不得了起来，今天买这样，明天买那样，花别针一个又一个的，丝头绳一团一团的，带穗的耳坠子，洋手表，样样都有了。每逢出街的时候，她和她姐姐一道，现在总是她付车钱了。她的姐姐要付，她却百般的不肯，有时当着人面，姐姐一定要付，妹妹一定不肯，结果闹得很窘，姐姐无形中觉得一种权利被人剥夺了。

但是关于妹妹的订婚，翠姨一点也没有羡慕的心理。妹妹未来的丈夫，她是看过的，没有什么好看，很高，穿着蓝袍子黑马褂，好像商人，又像一个小土绅士。又加上翠姨太年轻了，想不到什么丈夫，什么结婚。

因此，虽然妹妹在她的旁边一天比一天丰富起来，妹妹是有钱了，但是妹妹为什么有钱的，她没有考查过。

所以当妹妹尚未离开她之前，她绝对的没有重视"订婚"的事。

不过她常常的感到寂寞。她和妹妹出来进去的，因家庭环境孤寂，竟好像一对双生子似的，而今去了一个，不但翠姨自己觉得单调，就是她的祖父也觉得她可怜。

所以自从她的妹妹嫁了，她不大回家，总是住在她的母亲的家里。有时我的继母也把她接到我们家里。

翠姨非常聪明，她会弹大正琴，就是前些年所流行在中国的一种日本琴。她还会吹箫或是会吹笛子。不过弹那琴的时候却很多。住在我家里的时候，我家的伯父，每在晚饭之后必同我们玩这些乐器的。笛子、箫、日本琴、风琴、月琴，还有什么打琴。真正的西洋的乐器，可一样也没有。

在这种正玩得热闹的时候，翠姨也来参加了。翠姨弹了一个曲子，和我们大家立刻就配合上了。于是大家都觉得在我们那已经天天闹熟了的老调子之中，又多了一个新的花样。于是立刻我们就加倍的努力，正在吹笛的把笛子吹得特别响，把笛膜震抖得似乎就要爆炸了似的，嗞嗞地叫着。十岁的弟弟在吹口琴，他摇着头，好像要把那口琴吞下去似的，至于他吹的是什么调子，已经是没有人留意了。在大家忽然来了勇气的时候，似乎只需要这种胡闹。

而那按风琴的人，因为越按越快，到后来也许是已经找不到琴键了，只是那踏脚板越踏越快，踏得呜呜地响，好像有意要毁坏了那风琴，而想把风琴撕裂了一般的。

大概所奏的曲子是"梅花三弄",也不知道接连地弹过了多少圈,看大家的意思都不想要停下来。不过到了后来,实在是气力没有了,找不着拍子的找不着拍子,跟不上调的跟不上调,于是在大笑之中,大家停下来了。

不知为什么,在这么快乐的调子里边,大家都有点伤心,也许是乐极生悲了,把我们都笑得流着眼泪,一边还笑。

正在这时候,我们往门窗一看,我的最小的小弟弟,刚会走路,他也背着一个很大的破手风琴来参加了。

谁都知道,那手风琴从来也不会响的。把大家笑死了。在这回得到了快乐。

我的哥哥(伯父的儿子,钢琴弹得很好)吹箫吹得最好,这时候他放下了箫,对翠姨说:"你来吹吧!"翠姨却没有言语,站起身来,跑到自己的屋子去了,我的哥哥好久好久地看住那帘子。

三

翠姨在我家,和我住一个屋子。月明之夜。屋子照得通亮。翠姨和我谈话,往往谈到鸡叫,觉得也不过刚刚才半夜。

鸡叫了,才说:"快睡吧,天亮了。"

有的时候，一转身，她又问我：

"是不是一个人结婚太早不好，或许是女孩子结婚太早是不好的！"

我们以前谈了很多话，但没有谈到这些。

总是谈什么衣服怎样穿，鞋子怎样买，颜色怎样配；买了毛线来，这毛线应该打个什么样的花纹；买了帽子来，应该批判这帽子还微微有缺点，这缺点究竟在什么地方，虽然说是不要紧，或者是一点关系也没有，但批评总是要批评的。

有时再谈得远一点，就表姊表妹之类订了婆家，或什么亲戚的女儿出嫁了，或什么耳闻的，听说的，新娘和新姑爷闹别扭之类。

那个时候，我们的县里早就有了洋学堂了。小学好几个，大学没有。只有一个男子中学，往往成为谈论的目标。谈论这个，不单是翠姨，外祖母、姑姑、姐姐之类，都愿意讲究这当地中学的学生。因为他们一切洋化，穿着裤子，把裤脚卷起来一寸；一张口，"格得毛宁"外国语，他们彼此一说话就"答答答"，听说这是什么毛子话。而更奇怪的是他们见了女人不怕羞。这一点，大家都批评说是不如从前了。从前的书生，一见了女人脸就红。

我家算是最开通的了。叔叔和哥哥他们都到北京和哈尔滨那些大地方去读书了，他们开了不少的眼界。回到家里来，大讲他们那里都是男孩子和女孩子同学。

这一题目,非常的新奇,开初都认为这是造了反。后来因为叔叔也常和女同学通信,因为叔叔在家庭里是有点地位的人。并且父亲从前也加入过国民党,革过命,所以这个家庭都"咸与维新"起来。

因此在我家里,一切都是很随便的,逛公园,正月十五看花灯,都是不分男女,一齐去。

而且我家里设了网球场,一天到晚的打网球,亲戚家的男孩子来了,我们也一齐的打。

这都不谈,仍旧来谈翠姨。

翠姨听了很多的故事。关于男学生结婚的事情,就是我们本县里,已经有几件事情不幸的了。有的结婚了,从此就不回家了;有的娶来了太太,把太太放在另一间屋子里住着,而且自己却永久住在书房里。

每逢讲到这些故事时,多半别人都是站在女的一边,说那男子都是念书念坏了,一看了那不识字的又不是女学生之类就生气,觉得处处都不如他。天天总说婚姻不自由。可是自古至今,都是爹许娘配的,偏偏到了今天,都要自由。看吧,这还没有自由呢,就先来了花头故事了,娶了太太的不回家,或是把太太放在另一个屋子里。这些都是念书念坏了的。

翠姨听了许多别人家的评论。大概她心里边也有些不平,她就问我不读书是不是很坏的,我自然说是很坏的。而且她看了我们家里男孩子、女孩子通通到学堂去念书的。而且我们亲戚家的孩子也都是读书的。

因此她对我很佩服,因为我是读书的。

但是不久,翠姨就订婚了。这是她妹妹出嫁不久的事情。

她的未来的丈夫,我见过,在外祖父的家里。人长得又矮又小,穿一身蓝布棉袍子,黑马褂,头上戴一顶赶大车的人所戴的五耳帽子。

当时翠姨也在的,但她不知道那是她的什么人,她只当是哪里来了这样一位乡下的客人。外祖母偷着把我叫过去,特别告诉了我一番,这就是翠姨将来的丈夫。不久翠姨就很有钱。她的丈夫的家里,比她妹妹丈夫的家里还更有钱得多。婆婆也是个寡妇,守着个独生的儿子。儿子才十七岁,是在乡下的私学馆里读书。

翠姨的母亲常常替翠姨解说,人小点不要紧,岁数还小呢,再长上两三年两个人就一般高了。劝翠姨不要难过,婆家有钱就好的。聘礼的钱十多万都交过来了,而且就由外祖母的手亲自交给了翠姨;而且还有别的条件保障着,那就是说,三年之内绝对不准娶亲,藉着男的一方面年纪太小为辞，翠姨更愿意远远的推着。

翠姨自从订婚之后，是很有钱的了，什么新样子的东西一到，虽说不是一定抢先去买了来，总是过不了多久，箱子里就要有的了。那时候夏天最流行银灰色市布大衫，而翠姨的穿起来最好，因为她有好几件，穿过两次不新鲜就不要了，就只在家里穿，而出门就又去做一件新的。

那时候正流行着一种长穗的耳坠子，翠姨就有两对：一对红宝石的，一对绿的。而我的母亲才能有两对，而我才有一对。可见翠姨是顶阔气的了。

还有那时候就已经开始流行高跟鞋了。可是在我们本街上却不大有人穿，只有我的继母早就开始穿，其余就算是翠姨。并不是一定因为我的母亲有钱，也不是因高跟鞋一定贵，只是女人们没有那么摩登的行为，或者说她们不很容易接受新的思想。

翠姨第一天穿起高跟鞋来，走路还很不安定，但到第二天就比较的习惯了。到了第三天，就说以后，她就是跑起来也是很平稳的。而且走路的姿态更加可爱了。

我们有时也去打网球玩玩，球撞到她脸上的时候，她才用球拍遮了一下，否则她半天也打不到一个球。因为她一上了场站在白线上就是白线上，站在格子里就是格子里，她根本不动。有的时候她竟拿着网球拍子站着一边去看风景去了。尤其是大家打完了网球，吃东西的吃东西去了，洗脸的洗脸去了。惟有她一个人站在短篱前面，向着远远的哈尔滨市影痴望着。

有一次我同翠姨一同去作客。我继母的族中娶媳妇。她们是八旗人，也就是满人。满人讲究场面呢，所有的族中的年轻的媳妇都必得到场，而且个个打扮得如花似玉。似乎咱们中国的社会，是没这么繁华的社交的场面的，也许那时候，我是小孩子，把什么都看得特别繁华。就只说女人们的衣服吧，就个个都穿得和现在西洋女人在夜总会里边那么庄严，一律都穿着绣花大袄。而她们是八旗人，大袄的襟下一律的没有开口，而且很长。大袄的颜色枣红的居多，绛色的也有，玫瑰紫色的也有。而那上边绣的花色，有的荷花，有的玫瑰，有的松竹梅，一句话，特别的繁华。

她们的脸上，都搽着白粉，她们的嘴上都染得桃红。

每逢一个客人到了门前，她们是要列着队出来迎接的，她们都是我的舅母，一个一个地上前来问候了我和翠姨。

翠姨早就熟识她们的，有的叫表嫂子，有的叫四嫂子。而在我，她们就都是一样的，好像小孩子的时候，所玩的用花纸剪的纸人，这个和那个都是一样，完全没有分别。都是花缎袍子，都是白白的脸，都是很红的嘴唇。

就是这一次,翠姨出了风头了。她进到屋里,靠着一张大镜子旁坐下了。女人们就忽然都上前来看她,也许她从来没有这么漂亮过,今天把别人都惊住了。依我看,翠姨还没有她从前漂亮呢,不过她们说翠姨漂亮得像棵新开的腊梅。翠姨从来不搽胭脂的,而那天又穿了一件为着将来做新娘子而准备的蓝色缎子满是金花的夹袍。

翠姨让她们围起看着,难为情了起来,站起来想要逃掉似的,迈着很勇敢的步子,茫然地往里边的房间里闪开了。

谁知那里边就是新房呢,于是许多的嫂嫂就哗然地叫着,说:

"翠姐姐不要急,明年就是个漂亮的新娘子,现在先试试去。"

当天吃饭饮酒的时候,许多客人从别的屋子来呆呆地望着翠姨。翠姨举着筷子,似乎是在思量着,保持着镇静的态度,用温和的眼光看着她们。仿佛她不晓得人们专门在看着她似的。但是别的女人们羡慕了翠姨半天了,脸上又都突然的冷落起来,觉得有什么话要说,又都没有说,然后彼此对望,笑了一下,吃菜了。

四

有一年冬天,刚过了年,翠姨就来到了我家。

伯父的儿子——我的哥哥,就正在我家里。

我的哥哥，人很漂亮，很直的鼻子，很黑的眼睛，嘴也好看，头发也梳得好看，人很长，走路很爽快。大概在我们所有的家族中，没有这么漂亮的人物。

冬天，学校放了寒假，所以来我们家里休息。大概不久，学校开学就要上学去了。哥哥是在哈尔滨读书。

我们的音乐会，自然要为这新来的角色而开了，翠姨也参加的。

于是非常的热闹，比方我的母亲，她一点也不懂这行，但是她也列了席，她坐在旁边观看。连家里的厨子，女工，都停下了工作来望着我们，似乎他们不是听什么乐器，而是在看人。我们聚满了一客厅。这些乐器的声音，大概很远的邻居都可以听到。

第二天邻居来串门的，就说：

"昨天晚上，你们家又是给谁祝寿？"

我们就说，是欢迎我们的刚到的哥哥。因此，我们家是很好玩的，很有趣的。不久，就来到了正月十五看花灯的时节了。

我们家里自从父亲维新革命，总之在我们家里，兄弟姊妹，一律相待，有好玩的就一齐玩，有好看的就一齐去看。

伯父带着我们，哥哥、弟弟、姨……共八九个人，在大月亮地里往大街里跑去了。那路之滑，滑得不能站脚，而且高低不平。他们男孩子们跑在前面，而我们因为跑得慢就落了后。

于是那在前边的他们回头来嘲笑我们，说我们是小姐，说我们是娘娘。说我们走不动。

我们和翠姨早就连成一排向前冲去，但是，不是我倒，就是她倒，到后来还是哥哥他们一个一个地来扶着我们。说是扶着，未免的太示弱了，也不过就是和他们连成一排向前进着。

不一会到了市里，满路花灯，人山人海。又加上狮子、旱船、龙灯、秧歌，闹得眼也花起来，一时也数不清多少玩意，哪里会来得及看，似乎只是在眼前一晃就过去了。而一会别的又来了，又过去了。其实也不见得繁华得多么不得了，不过觉得世界上是不会比这个再繁华的了。

商店的门前，点着那么大的火把，好像热带的大椰子树似的，一个比一个亮。

我们进了一家商店，那是父亲的朋友开的。他们很好的招待我们，茶、点心、橘子、元宵。我们哪里吃得下去。听到门外一打鼓，就心慌。而外面鼓和喇叭又那么多，一阵来了，一阵还没有去远，一阵又来了。

因为城本来是不大的，有许多熟人也都是来看灯的，都遇到了。其中我们本城里的在哈尔滨念书的几个男学生，他们也来看灯了。哥哥都认识他们。我也认识他们，因为这时候我到哈尔滨念书去了，所以一遇到了我们,他们就和我们在一起。他们出去看灯,看了一会,又回到我们的地方,和伯父谈话,和哥哥谈话。我晓得他们,因我们家比较有势力,他们是很愿和我们讲话的。

所以回家的一路上,又多了两个男孩子。

不管人讨厌不讨厌,他们穿的衣服总算都市化了。个个都穿着西装,戴着呢帽,外套都是到膝盖的地方,脚下很利落清爽。比起我们城里的那种怪样子的外套,好像大棉袍子似的,好看得多了。而且颈间又都束着一条围巾来,人就更显得庄严,漂亮。

翠姨觉得他们个个都很好看。

哥哥也穿的西装,自然哥哥也很好看。因此在路上她直在看哥哥。

翠姨梳头梳得是很慢的,必定梳得一丝不乱,搽粉也要搽了洗掉,洗掉再搽,一直搽到认为满意为止。花灯节的第二天早晨,她就梳得更慢,一边梳头一边在思量。本来按规矩每天吃早饭必得三请两请才能出席,今天必得请到四次,她才来了。

我的伯父当年也是一位英雄,骑马、打枪绝对的好。后来虽然已经五十岁了,但是风采犹存。我们都爱伯父的,伯父从小也就爱我们。诗、词、文章,都是伯父教我们的。翠姨住在我们家里,伯父也很喜欢翠姨。今天早饭已经开好了。催了翠姨几次,翠姨总是不出来。

伯父说了一句:"林黛玉……"

于是我们全家的人都笑了起来。

翠姨出来了,看见我们这样的笑,就问我们笑什么。我们没有人肯告诉她。翠姨知道一定是笑的她,她就说:

"你们赶快的告诉我,若不告诉我,今天我就不吃饭了。你们读书识字,我不懂,你们欺侮我……"

闹嚷了很久,是我的哥哥讲给她听了。伯父当着自己的儿子面前到底有些难为情,喝了好些酒,总算是躲过去了。

翠姨从此想到了念书的问题,但是她已经二十岁了,哪里去念书?上小学,没有她这样大的学生,上中学,她是一字不识。怎么可以?所以仍旧住在我们家里。

弹琴、吹箫、看纸牌,我们一天到晚地玩着。我们玩的时候全体参加,我的伯父,我的哥哥,我的母亲。

翠姨对我的哥哥没有什么特别的好,我的哥哥对翠姨就像对我们,也是完全的一样。

不过哥哥讲故事的时候,翠姨总比我们留心听些,那是因为她的年龄稍稍比我们大些,当然在理解力上,比我们更接近一些哥哥的了。哥哥对翠姨比对我们稍稍的客气一点。他和翠姨说话的时候,总是"是的""是的"的。而和我们说话则"对啦""对啦"。这显然因为翠姨是客人的关系,而且在名份上比他大。

不过有一天晚饭之后,翠姨和哥哥都没有了。每天饭后大概总要开个音乐会的。这一天,也许因为伯父不在家,没有人领导的缘故,大家吃过也就散了,客厅里一个人也没有。我想找弟弟和我下一盘棋,弟弟也不见了。于是我就一个人在客厅里按起风琴来,玩了一下,也觉得没有趣。客厅是静得很的,在我关上了风琴盖子之后,我就听见了在后屋里,或者在我的房子里是有人的。

我想一定是翠姨在屋里。快去看看她,叫她出来张罗着看纸牌。

我跑进去一看,不单是翠姨,还有哥哥陪着她。

看见了我,翠姨就赶快地站起来说:

"我们去玩吧。"

哥哥也说:

"我们下棋去,下棋去。"

他们出来陪我来玩棋,这次哥哥总是输。从前是他回回赢我。我觉得奇怪,但是心里高兴极了。

不久寒假终了,我就回到哈尔滨的学校念书去了。可是哥哥没有同来,因为他上半年生了点病,曾在医院里休养了一些时候,这次伯父主张他再请两个月的假,留在家里。

·189·

以后家里的事情，我就不大知道了。都是由哥哥或母亲讲给我听的。我走了以后，翠姨还住在家里。

后来母亲告诉过，就是在翠姨还没有订婚之前，有过这样一件事情。我的族中有一个小叔叔，和哥哥一般大的年纪，说话口吃，没有风采，也是和哥哥在一个学校里读书。虽然他也到我们家里来过，但怕翠姨没有见过。那时外祖母就主张给翠姨提婚。那族中的祖母一听就拒绝了，说是寡妇的孩子，命不好，也怕没有家教，何况父亲死了，母亲又出嫁了，好女不嫁二夫郎，这种人家的女儿，祖母不要。但是我母亲说，辈分合，他家还有钱，翠姨过门是一品当朝的日子，不会受气的。

这件事情翠姨是晓得的，而今天又见了我的哥哥，她不能不想哥哥大概是那样看她的。她自觉地觉得自己的命运不会好的。现在翠姨自己已经订了婚，是一个人的未婚妻；二则她是出了嫁的寡妇的女儿，她自己一天把这背了不知有多少遍，她记得清清楚楚。

五

翠姨订婚，转眼三年了。正这时，翠姨的婆家，通了消息来，张罗要娶。她的母亲来接她回去整理嫁妆。

翠姨一听就得病了。

但没有几天，她的母亲就带着她到哈尔滨办嫁妆去了。

偏偏那带着她采办嫁妆的向导，又是哥哥介绍来的他的同学。他们住在哈尔滨的秦家岗上，风景绝佳，是洋人最多的地方。那男学生们的宿舍里边，有暖气、洋床。翠姨带着哥哥的介绍信，像一个女同学似的被他们招待着。又加上已经学了俄国人的规矩，处处尊重女子，所以翠姨当然受了他们不少的尊敬，请她吃大菜，请她看电影。坐马车的时候，上车让她先上；下车的时候，人家扶她下来。她每一动别人都为她服务，外套一脱，就接过去了；她刚一表示要穿外套，就给她穿上了。

不用说，买嫁妆她是不痛快的；但那几天，她总算一生中最开心的时候。

她觉得到底是读大学的人好，不野蛮，不会对女人不客气，绝不能像她的妹夫常常打她的妹妹。

经这到哈尔滨去一买嫁妆，翠姨就不愿意出嫁了。她一想那个又丑又小的男人，她就恐怖。

她回来的时候，母亲又接她来我们家来住着，说她的家里又黑又冷，说她太孤单可怜。我们家是一团暖气的。

到了后来，她的母亲发现她对于出嫁太不热心，该剪裁的衣裳，她不去剪裁；有一些零碎还要去买的，她也不去买。做母亲的总是常常要加以督促，后来就要接她回去，接到她的身边，好随时提醒她。她的母亲以为年轻的人必定要随时提醒的，不然总是贪玩。而况出嫁的日子又不远了，或者就是二三月。

想不到外祖母来接她的时候，她从心的不肯回去，她竟很勇敢地提出来她要读书的要求。她说她要念书，她想不到出嫁。

开初外祖母不肯，到后来，她说若是不让她读书，她是不出嫁的。外祖母知道她的心情，而且想起了很多可怕的事情……

外祖母没有办法，依了她。给她在家里请了一位老先生，就在自己家院子的空房里边摆上了书桌，还有几个邻居家的姑娘，一齐念书。

翠姨白天念书，晚上回到外祖母家。

念书，不多日子，人就开始咳嗽，而且整天的闷闷不乐。她的母亲问她，有什么不如意？陪嫁的东西买得不顺心吗？或者是想到我们家去玩吗？什么事都问到了。

翠姨摇着头不说什么。

过了一些日子，我的母亲去看翠姨，带着我的哥哥。他们一看见她，第一个印象，就觉得她苍白了不少。而且母亲断言地说，她活不久了。

大家都说是念书累的，外祖母也说是念书累的，没有什么要紧的；要出嫁的女儿们，总是先前瘦的，嫁过去就要胖了。

而翠姨自己则点点头，笑笑，不承认，也不加以否认。还是念书，也不到我们家来了，母亲接了几次，也不来，回说没有工夫。

翠姨越来越瘦了，哥哥去到外祖母家看了她两次，也不过是吃饭、喝酒，应酬了一番，而且说是去看外祖母的。在这里，年轻的男子去拜访年轻的女子，是不可以的。哥哥回来也并不带回什么欢喜或是什么新奇的忧郁，还是一样和我们打牌下棋。

翠姨后来支持不了啦，躺下了。她的婆婆听说她病了，就要娶她。因为花了钱，死了不是可惜了吗？这一种消息，翠姨听了病就更加严重。婆家一听她病重，立刻就娶她。因为在迷信中有这样一章：病新娘娶过来一冲，就冲好了。翠姨听了，就只盼望赶快死，拼命地糟蹋自己的身体，想死得越快一点儿越好。

母亲记起了翠姨，叫哥哥去看翠姨。是我的母亲派哥哥去的。母亲拿了些钱让哥哥给翠姨送去，说是母亲送她在病中随便买点什么吃的。母亲晓得他们年轻人是很拘泥的，或者不好意思去看翠姨，也或者翠姨是很想看他的，他们好久不能看见了。同时翠姨不愿意出嫁，母亲很久的就在心里猜疑着他们了。

男子是不好去专访一位小姐的，这城里没有这样的风俗。母亲

193

给了哥哥一件礼物，哥哥就可去了。

哥哥去的那天，她家里正没有人，只是她家的堂妹妹应接着这从未见过的生疏的年轻的客人。

那堂妹妹还没问清客人的来由，就往外跑，说是去找她们的祖父去，请他等一等。大概她想是凡男客就是来会祖父的。

客人只说了自己的名字，那女孩子连听也没有听就跑出去了。

哥哥正想，翠姨在什么地方？或者在里屋吗？翠姨大概听出什么人来了，她就在里边说："请进来。"

哥哥进去了。坐在翠姨的枕边，他要去摸一摸翠姨的前额，是否发热，他说：

"好了点吗？"

他刚一伸出手去，翠姨就突然地拉了他的手，而且大声地哭起来了，好像一颗心也哭出来了似的。哥哥没有准备，就很害怕，不知道说什么，作什么。他不知道现在应该是保护翠姨的地位，还是保护自己的地位。同时听得见外边已经有人来了，就要开门进来了。一定是翠姨的祖父。

翠姨平静地向他笑着，说：

"你来得很好，一定是姐姐告诉你来的，我心里永远记念着她。她爱我一场，可惜我不能去看她了……我不能报答她了……不过我总会记起在她家里的日子的……她待我也许没有什么，但是我觉得已经太好了……我永远不会忘记的……我现在也不知道为什么，心里只想死得快一点就好，多活一天也是多余的……人家也许以为我是任性……其实是不对的。不知为什么，那家对我也会是很好的，但是我不愿意。我小时候，就不好，我的脾气总是，不从心的事，我不愿意……这个脾气把我折磨到今天了……可是我怎能从心呢……真是笑话……谢谢姐姐她还惦着我……请你告诉她，我并不像她想的那么苦，我也很快乐……"翠姨痛苦地笑了一笑，"我的心里安静，而且我求的我都得到了……"

哥哥茫然地不知道说什么。这时，祖父进来了。看了翠姨的热度，又感谢了我的母亲，对我哥哥的降临，感到荣幸。他说请我母亲放心吧，翠姨的病马上就会好的，好了就嫁过去。

哥哥看了翠姨就退出去了，从此再没有看见她。

哥哥后来提起翠姨常常落泪，他不知翠姨为什么死，大家也都心中纳闷。

尾　声

等我到春假回来，母亲还当我说：

"要是翠姨一定不愿意出嫁,那也是可以的,假如他们当我说。"
…………

翠姨坟头的草籽已经发芽了,一掀一掀地和土粘成一片,坟头显出淡淡的青色,常常会有白色的山羊跑过。

这时城里的街巷,又装满了春天。

暖和的太阳,又转回来了。

街上有提着筐子卖蒲公英的了,也有卖小根蒜的了。更有些孩子们,他们按着时节去折了那刚发芽的柳条,正好可以拧成哨子,就含在嘴里满街地吹。声音有高有低,因为哨子有粗有细。

大街小巷,到处是呜呜呜,呜呜呜。好像春天从他们的手里招呼回来了似的。但是这为期甚短。一转眼,吹哨子的不见了。

接着杨花飞起来了,榆钱飘满了一地。

在我的家乡那里,春天是快的。五天不出屋,树发芽了,再过五天不看树,树长叶了,再过五天,这树就像绿得使人不认识它了。使人想,这棵树,就是前天的那棵树吗?自己回答自己:当然是的。春天就像跑的那么快。好像人能够看见似的,春天从老远的地方跑来了,跑到这个地方,只向人的耳朵吹一句小小的声音:"我来了呵",而后很快地就跑过去了。

春,好像它不知道多么忙迫,好像无论什么地方都在招呼它。

假若它晚到一刻,太阳会变色的,大地会干成石头,尤其是树木,那真是好像再多一刻工夫也不能忍耐。假若春天稍稍在什么地方留连了一下,就会误了不少的生命。

春天为什么它不早一点来,来到我们这城里多住一些日子。而后再慢慢地到另外的一个城里去,在另外一个城也多住一些日子。

但那是不能的了,春天的命运就是这么短。

年轻的姑娘们,她们三两成双,坐着马车,去选择衣料去了,因为就要换春装了。她们热心地弄着剪刀,打着衣样,想装成自己心中想得出的那么好。她们白天黑夜地忙着,不久春装换起来了,只是不见载着翠姨的马车来。

1941. 7

图书在版编目（CIP）数据

萧红·氛围小说/ 萧红著；锡庆编. -- 上海：上海文艺出版社，2018
（新文艺·中国现代文学大师读本）
ISBN 978-7-5321-6815-6

Ⅰ.①萧… Ⅱ.①萧… ②锡… Ⅲ.①短篇小说—小说集—中国—现代

Ⅳ.①I246.7

中国版本图书馆CIP数据核字(2018)第205505号

发 行 人：陈　征
责任编辑：乔晓华
美术编辑：周志武
封面设计：梁业礼

书　　名：萧红·氛围小说
作　　者：萧红
编　　者：锡庆
出　　版：上海世纪出版集团　上海文艺出版社
地　　址：上海绍兴路7号　200020
发　　行：上海文艺出版社发行中心
　　　　　上海市绍兴路50号　200020　www.ewen.co
印　　刷：上海盛通时代印刷有限公司
开　　本：850×1168　1/32
印　　张：7
插　　页：2
字　　数：124,000
印　　次：2018年9月第1版　2018年9月第1次印刷
ＩＳＢＮ：978-7-5321-6815-6/I・5441
定　　价：27.00元
告 读 者：如发现本书有质量问题请与印刷厂质量科联系　T:021-37910000